ヤンキーは異世界で精霊に愛されます。2

A L P H A L I G H T

黒井へいほ

Heiho Kuroi

アルファライト文庫

真《ま》内《ない》零《ぜろ》
目つきを怖がられるヤンキー。異世界に転生し、精霊に慕《した》われまくる。
神（メガネ）
零を異世界に転生させた張本人。細身の優男《やさおとこ》。
精霊達（チビ共）
岩やマッチのような被《かぶ》り物をした精霊。零のことが大好き。
グレイス（グス公）
オルフェン王国の第二王女。「あわあわ」するのが癖《くせ》。

Hoodlums loved by the sprits.
CHARACTER
主な登場人物
アマリス（アマ公）
オルフェン王国の姫騎士で、グレイスの姉。後先考えない性格。
リルリ
グレイス付きのメイド。主人には従順だが、裏の顔も持つ。
コウヤ（坊ちゃん）
精霊解放軍の一人。イケメンだが、どこか残念。

第一話　いや、俺はやばくねぇだろ

俺——真内零《まないぜろ》が変な眼鏡の兄ちゃんに異世界っつーとこに転生させられてから、どのくらい経《た》っただろう。

眼鏡の兄ちゃんは自分のこと神だとか言ってたが、本当に胡散臭《うさんくさ》い奴だった。

でも、あいつのおかげでチビ共と友達になれたわけだし、グス公たちにも会えたわけだ。

一応そこらへんは感謝している。

チビ共は、この世界の精霊ってやつらしい。グス公が教えてくれた。

そういや、グス公って本名なんだっけな？　グレイス……だったか？　まぁなんでもいいや。グス公はグス公だしな。

あいつがオルフェン王国の王女様ってのは、どうも納得いかねぇ。いつも、あわあわ、グスグスしてやがるし。それを言ったら、あいつの姉ちゃんのアマ公……アマリス？　も暴走癖《ぼうそうへき》のある変な奴だしなぁ。本当にこの国は大丈夫なのか？

グス公のメイド、リルリだけが頼りだ。腹が立つことも多いが、案外しっかりしてやがる。

……あいつら、今頃大変だろうなぁ。

俺たちがリザードマン討伐を終えて、リザードマンの落とした黒い石と精霊解放軍のことを国王《おっさん》に報告したのが昨日のこと。

精霊解放軍ってのは、王族と敵対してて、人が精霊を使っていることが許せずに、精霊を解放しようとしてる奴らのことらしい。そいつらが扱《あつか》っているのが黒い石で、触《ふ》れた者の魔力を吸い上げる危険なものって話だ。

その黒い石をなぜリザードマンが持っていたのかは分からないが、リザードマンの棲《す》み処《か》に近い村で、精霊解放軍の奴らが検問《けんもん》みてぇなことをしていたから、何か関連があるんだろう。

そんなわけで、グス公とアマ公は帰るなり黒い石と精霊解放軍の調査を進めることになった。

俺もそれを手伝うことになっていたんだが……結局、リルリの助言で城を出ることにした。

リルリは、城の中枢《ちゅうすう》に精霊解放軍が潜り込んでいると言っていた。だから俺の特殊性がバレれば間違いなく精霊解放軍に狙《ねら》われるし、グス公たちが危険な目に遭《あ》う可能性も高くなる、と。

この世界の人間には見えないはずの精霊が、俺には見える。それは精霊解放軍にとって喉《のど》から手が出るほど欲しい力だ。

俺はグス公たちに迷惑をかけたくねぇ。だからグス公とアマ公には何も言わずに城を出て、自分なりに精霊解放軍のことを調《しら》べることにした。

それに、あの黒い石を見たとき、チビ共はすげぇ怖がってた。黒い石も精霊解放軍も、チビ共にとって悪いもんに決まってる。俺はチビ共を悲しませる奴らを許せねぇからな！

まずはチビ共と一緒にカーラトっつぅ町を目指す。そこで情報収集したら、チビ共と最初に出会った精霊の森に行って手がかりがないか調べてみる。

その後は……まぁ、そんときに考えるか。

――数日後。

運よく通りがかった乗合馬車に乗れた俺は、カーラトの町に到着していた。

まぁ言うまでもねぇが、乗せてもらうのには苦労もあった。いつも目が怖《こえ》ぇってビビられている俺は、気を遣《つか》ってフードで顔を隠してたんだが、それでかえって怪《あや》しまれちまった。

でもまぁなんだ、最後には誠意が伝わったっていうか、乗せてもらえた。

……嘘《うそ》だ。前乗ったときと同じ御者《ぎょしゃ》の人だったから、頼み込んで乗せてもらった。

ボソボソと「一緒にいた女の子がいない」とか、「人売り」とか言われてたみてぇだが、たぶん気のせいだ。

最近耐えるということを覚えた気がする。間違いなくあの三人のお蔭《かげ》だろう。なのに、感謝よりもため息が出るのはなんでだ？……深く考えるのはやめておくか。

俺は、とりあえずエルジジィに会いに行くことにした。いや、他に知り合いもいねぇしな。

町は別段変わりもなく、俺は真《ま》っ直《す》ぐエルジジィの作業場所みたいな家に辿《たど》り着いた。

「おい、エルジジィいるか？」

「おぉ？　若いの！　久しぶりじゃのぉ！　鉄パイプの調子はどうじゃ！」

「いや、そんなに経ってねぇだろ……。鉄パイプは調子いいぞ」

エルジジィはキョロキョロと俺の周りを見ている。何か探してるみてぇにだ。

「赤い髪の娘はどうした？」

「あぁ、グス公は王都に置いてきた」

「む、そうなのか。それで、一人で儂《わし》に会いに来たのか？」

一人。なんかその言葉は、一瞬胸に来るものがあった。まぁこれが何かは分かってる。直《じき》に慣れんだろ。

俺は胸に手を当て、疼《うず》きを抑《おさ》える。そして、そのまま話を続けた。

「ちょっと知りたいことがあるんだが、どうすりゃいいかが分からねぇんだ」

「ほほう、知りたいことか。何じゃ？　力になるぞ！」

エルジジィに聞く、か。その発想はなかった。情報屋みてぇなのがいれば紹介してもらおうと思ったんだが……。案外黒い石とかについて何か知ってるかもしれねぇ。どうもエルジジィは只者《ただもの》じゃない感じがするんだよなぁ。

「おう、それじゃぁ聞くけどよ。黒い石について何か知ってるか？」

「何じゃそれは。知らん！」

気のせいだった。速攻で否定しやがった。

どうやら俺には人を見る目がねぇらしい。いや、目つきが怖《こえ》ぇとか言われるせいでこれまであんまし人と接してこなかったんだから、あるわけねぇか。

まぁ今の感じを見ると期待はできなそうだな。一発で上手くいくなんて、そんな話があるわけがねぇ。

俺はそう思い、諦《あきら》めながらも、一応次の質問をエルジジィにした。

「あー……。じゃぁ、精霊解放軍ってのは知ってるか？」

「知ってるぞ」

「あぁそうか。ならやっぱ、とりあえずは森に行ってみるしかねぇか」

「いや、知ってるぞ」

さて、森には明日向かうとして、今日は宿でもとるか？

――だが、この世界の金銭感覚みてぇのが分からねぇんだよなぁ。そのへんのことは、グス公に頼っちまってたからな。野宿でもいいっちゃいいんだが……。

「で、精霊解放軍の何が知りたいんじゃ？」

「あぁ、なんか安宿とか知ってっか？　なるべく金を使わないで済ませてぇんだが」

「ん？　ならうちに泊まれ！　男一人くらい全然構わんぞ！」

「お、まじか？　悪《わり》ぃな。代わりに仕事でも手伝えばいいか？」

「む、そうじゃな。倉庫でも少し整理するかのぉ。手伝ってもらえるか？」

「おう、お安い御用だぁ」

俺はエルジジィと倉庫に向かった。この倉庫は懐《なつ》かしいな。ここで今着けてる鎧をもらったんだよなぁ。ついこの間のことなのに感慨深《かんがいぶか》い感じがしやがる。

で、まぁ汚《きたね》ぇ倉庫の中で同じ種類の武器を纏《まと》めたり、防具を一箇所に集めたり、あぁだこうだして夕方まで整理作業をした。こき使われた感じもしたが、まぁ一宿一飯《いっしゅくいっぱん》の礼ってやつだ。

チビ共もこっそり手伝ってくれたが、途中からはどこからか持ってきた小さな剣と盾でチャンバラをし始めた。しょうがねぇよな、剣とか見たら、男だったらテンション上がっちまう。いや、こいつらの性別知らねぇけど。

で、あっという間に夕飯だ。エルジジィの作った飯は、うまかった。うまかったが、手抜きだった。まぁ、男料理ってやつだな。男だけだから構《かま》わねぇが。

食後の茶を啜《すす》っていたら、エルジジィは不意に話を切り出した。

「なぁ若いの。そろそろ流すのを止《や》めてもらいたいんじゃがな」

「あぁ？　流す？　何をだ？」

「いや、だから精霊解放軍の何が知りたいんじゃ」

は？　何言ってんだエルジジィは。精霊解放軍のことは……あれ？　よく考えたら、知ってるって言ってた……か？

「エルジジィ知ってんのか⁉」

「いや、ずっとそう言ってたんじゃが……」

エルジジィは、やっと話が通じたという顔をしていた。うん、悪《わり》ぃ。知らないって決めつけて流してた。

年寄りとの会話はそこそこ流すのがコツだと、田舎《いなか》の爺《じい》さんを相手して学んでたんだが、その先入観《せんにゅうかん》がまずかったな。本当に悪《わり》ぃことをしちまったと思うが、まぁ勘弁《かんべん》してもらおう。悪気《わるぎ》はなかったからな。

ともかく、知ってるなら話は早《はぇ》ぇ。今欲しいのは、何よりも情報だ。

「そうだな、なんであいつらのこと知ってんだ？」

「武器を卸《おろ》したことがあるからじゃな」

「は？　あんなやべぇやつらに武器を売ったのか？」

おいおい、村でちらっと見ただけでも、あの黒づくめの奴らは危険だって分かったぞ？

……いや、よく考えたら、そうでもねぇな。ただ黒いだけで、あっさり通してくれたか。だけどなぁ、それがバレたらエルジジィは王国に狙われたりするんじゃねぇのか？　何かやばそうな感じがするけど、平気なのかこれ？

そんな俺の気持ちなど露知《つゆし》らず、エルジジィは平然としていた。

「やばい？　ただ精霊を解放しようとしているだけじゃろ。そもそも武器なんてのは使う者次第じゃ。やばいというなら、お主にだって武器を渡せんことになるだろ」

「いや、俺はやばくねぇだろ」

俺の前にエルジジィは無言で鏡を置いた。なんだこの、てめぇの面《つら》を見直してみろと言わんばかりの行動は。

黙ってる俺を見て言い返せないのだと受け取ったらしく、エルジジィは頷《うなず》く。納得いかねぇな……くそが。

「十人十色《じゅうにんといろ》と言ってな。十人いれば十の色があるもんじゃ。考え方もそれぞれってことじゃな。別に、奴らは人間を皆殺しにしますとかって言ってるわけでもないじゃろ？　精霊なんぞいなくても、生活はできるからのぉ」

エルジジィの考えは俺に近いもんだった。確かに精霊のいない世界から来た俺からすれば、精霊がいなくても……つまり魔法なんか使えなくても生きていけると思える。

でも、この世界の住人でそう考えてる奴に会ったことはなかった。……いや、いたな。

精霊解放軍はそう考えてるから行動してるんだ、たぶん。

つまりなんだ？　あいつらは悪い奴らじゃねぇのか？　また分からなくなってきた。

「若いの、お主は少し変わってるな」

「あぁ？　変わってる？」

「うむ。普通の人ならば、精霊解放と言われたら悩みもせんで否定する。だが、お主は悩んでおる」

「まぁ、そりゃ色々な……」

「別に事情を聞く気はない。儂《わし》にも、王国と精霊解放軍のどちらが正《ただ》しいのか、あるいはどちらも間違いなのか、そのあたりはよく分からん。なので最初から善悪を決めつけるのではなく、色々な話を聞いて判断したらどうじゃ？　お主はそれができる人間じゃ」

色々聞いて決める。確かにそれは大事かもしれねぇ。

この世界では、エルジジィみたいにどちらが正しいかを決めない人は少数派だ。

大多数は王国を支持していて、残り少数が精霊解放軍みたいな考えなのかもしれねぇ。……いや、それすらまだ俺には分からねぇ。

やることの一つが決まった気がする。それは、色々なところに行って色々な人の話を聞く。

これだな！

「ありがとな、エルジジィ！　少しやることが分かった気がするぜ！」

「お！　そうか！　そりゃ良かったのぉ！」

「おう。それで、他に何か精霊解放軍の情報はねぇのか？」

「ふむ。そうじゃなぁ……。大精霊がなんたらとか言っていたかのぉ。後は知らん」

「大精霊ってなんだ？」

「知らん！　儂《わし》は鍛冶《かじ》以外のことには興味がないからな！」

なるほど。頼りになるが、肝心《かんじん》なところで頼りにならねぇ。

……でもまぁ、すげぇジジィだな。俺は嫌いじゃねぇ。

っと、そうだ。まだ聞きてぇことがあるな。

「精霊解放軍の居場所は知ってるか？　後は、ボスとかも知りてぇな」

「居場所は知らん。武器はこの店に来て依頼して、できた頃に取りに来ていたからな。そいつらは黒いローブを着けていて、顔すら分からんかった。ボスなんてもっと分からん」

「いや、そんな怪しい依頼受けんなよ……」

「別に怪しくはなかったぞ？　依頼のときに脅《おど》されたわけでもないし、報酬もしっかり払ってくれたしのぉ。武器や防具を欲しがる奴は、身元を明かしたがらない者も多いから、しょうがないじゃろ」

そんなもんなのか？　なんか、人の命を奪《うば》うもんを作ってるっつぅのに軽い気が……いや、違《ちげ》ぇな。

さっきエルジジィは言ってた。武器は使う奴次第だって。作ったエルジジィに非があるわけじゃねぇな、うん。

バットだって野球の道具なのに、それで人を殴《なぐ》る奴が悪《わり》ぃわけだしな。

使う奴次第、か。なんか大事なことを学んだ気がする。

俺は、間違った使い方をしたらいけねぇ。そう思いながら、ぎゅっと鉄パイプを握《にぎ》った。


とりあえずだが、少し目標がしっかりしてきた気がする。

まずは精霊の森。その後は色んなところに行って情報を集めつつ、自分で見て決めるしかねぇってことだ。

なんか、冒険っぽいよな。少しわくわくしてきやがった！

俺はチビ共と地図を見ながら、こんなとこに行ってみるのはどうだろう？　こっちもよくねぇか？　とか話しながら、その日は眠りについた。

第二話　うぜぇ、やっぱり埋めるか

朝はエルジジィと飯を食って、昼飯用の弁当と干《ほ》し肉をもらった。さらに餞別《せんべつ》だとか言って、黒いマントまでもらっちまった。悪《わり》ぃな。

「じゃぁ行くか。世話になったな、また来る」

「いつでも来い！」

エルジジィとの別れはあっさりしたもんだった。……でも、俺にはそれが心地よかった。

俺はチビ共と町を出て、南東の精霊の森へと向かった。

外はいい天気で、散歩気分で歩いて行くことができる。

あー、こういうのいいよな？　なんか、のんびりできる。馬鹿な奴らが泣きわめくことも、怒鳴《どな》りつけてくることも、皮肉たっぷりに笑われることもねぇ。

だが、そこには少しだけ寂《さび》しさもあった。……ちっ、騒《さわ》がしいのに慣れすぎちまったな。

元々俺は一人だったんだ、戻っただけだろ。

そう考えていると、俺のズボンの裾《すそ》がくいっくいっと引っ張られた。

あぁ、悪《わり》ぃ悪《わり》ぃ。俺は一人じゃなかったよな！

訴《うった》えかけるチビ共の頭を撫《な》でると、嬉しそうに笑ってくれた。へへっ、本当に気のいい奴らだ。

特に魔物に襲《おそ》われたりもせず、俺は順調に森へと辿《たど》り着き、中を進んだ。

道に迷うこともなく森に入ったが、聞いた話によると、普通の奴は精霊の森を見つけられないらしい。俺は迷ったことがねぇんだけどなぁ。

一体どういう絡繰《からく》りかは、よく分からねぇ。チビ共と一緒なのが関係してるのかもしれねぇな。まぁ、とりあえず俺は迷わないってことが分かった。それだけで十分だ。

木漏《こも》れ日の中を歩き、俺はチビ共と過ごした洞窟へ行き着いた。

あの頃と何も変わっていない。まるでここだけ時間が止まってるみてぇだ。そんなに時間は経ってないのになぜか懐かしく感じちまうが、そんなものかもしれねぇ。

ひとまず今日はここに泊まる。俺は野宿の準備をし、周囲を探索することにした。なんとなくだが、ここには何かがあるんじゃねぇかと思ったからだ。

まぁ何よりここは居心地《いごこち》がいいんだよなぁ。空気が澄《す》んでるっていうか、力が湧《わ》いてくるっていうか。不思議な感じだ。


一通り泊まるための準備を済ませ、気分がいいまま周囲を探索する。が、特に変わったこともなければ、おかしなもんもなかった。つまり、何も手がかりなしってことだ。

うぅん、何かあると思ったんだがなぁ……。

とりあえず、洞窟の前に戻ってチビ共に話しかけた。

「なぁチビ共、何かここに変わったとこってねぇか？」

「あるがな」

「お、そうか？　ならそこに案内とかしてくれっか？」

「案内というか、ここが変わってるがな」

……ん？　〝がな〟？

聞き覚えのない声に気づき、俺は慌てて振り返った。

そこにいたのは、岩みたいな着ぐるみを被《かぶ》ったおっさんだ。チビ共と似たような格好で察しはつく。精霊に憧《あこが》れる変質者だ。

「お、やっと気づいたがな」

「おらぁ！」

俺は問答無用で鉄パイプで殴りつけた。

変態だ、間違いねぇ！　チビ共に手は出させねぇぞ、くそが！

「おら！　てめぇここで何してやがる！」

「ちょ、いたっ。やめっ、やめるがな！」

「うるせぇ！　チビ共危ねぇぞ！　離れてろ！」

くそっ。案外固《かて》ぇ！　手足を亀みたいに岩の中に引っ込めてるせいで、効果的なダメージを与えてる気がしねぇ。

何かいい手はねぇか……？

そうだ。ちょうどいいもんがあるじゃねぇか。

俺は野営用に用意しておいた薪《たきぎ》に、火打ち石で火を点《つ》けることにした。叩いて駄目《だめ》なら、燃やすしかねぇよなぁ‼

カチッカチッカチッ。

火が点《つ》かねぇ！　待ってろよ！　今すぐ火だるまにしてやらぁ！

「待つがな！　本当に待つがな！　火は熱いがな！」

「熱くないと意味がねぇだろ！」

「落ち着いて話し合うがな！」

「変質者と話すことはねぇ！」

「私は土の大精霊だがな！」

ピタリと、俺は手を止めた。

大精霊？　そんな話を確かにエルジジィから聞いた。

なんだったか？　精霊解放軍が何か言ってたとかって……こいつが？　どう見ても変質者だろ。

俺がチビ共を見てみると、頷いている。……なるほどな。どうやら俺の意見に賛成みてぇだ。

カチッカチッカチッ。

「嘘だな。待ってろ、すぐ燃やしてやらぁ！」

「待ーつーがーなー！」

火が点《つ》いたところで、俺はおっさんとチビ共に押さえられた。

ちっ。後少しで火だるまにできたのによぉ。油とかねぇか？　油をぶっかけたら、より効果的じゃねぇか？

「まだ物騒《ぶっそう》なことを考えてるがな？　落ち着いて欲しいがな！　話し合おうがな！」

「がながなうるせぇ！　てめぇが大精霊だって証拠はあんのか！」

「しょ、証拠？」

俺は慌てている変質者に無言で火の点《つ》いた薪《たきぎ》を構えた。

変質者は焦《あせ》りながら、両手だけでなく全身を使って無実だとアピールしてやがる。そんなことで油断はしねぇけどな。

「待つがな！　本当に待つがな！　証拠ならほら、精霊と同じ格好をしてるがな！」

「同じだぁ？　胡散臭《うさんくさ》さしかねぇだろうが！」

「ほ、本当だがな！　頼むから勘弁して欲しいがな！」

……どうやら本当に危害を加える気はねぇみてぇだな。

とりあえず、俺は火の点《つ》いた薪《たきぎ》を焚《た》き火《び》の中に戻した。すぐ手を伸ばせば取れる位置だけどな。

だが、こいつが大精霊だとは信じられねぇ。絶対に変質者だろ。

疑《うたが》いはこれっぽちも晴れていねぇが、話くらいは聞いてやるか。

「まぁ一応話は聞いてやる。だが嘘臭かったら燃やすぞ」

「分かったがな！　ありがとうございますがな！」

仕方なく、俺は火の近くに座った。

恐る恐るだが、同じように変質者も座る。びくびくと怯《おび》えた目をしているが、こっちの油断でも誘ってんのか？

それに、かなりげっそりしてる気がする。たぶん森で迷子になったかなんかで、碌《ろく》なもん食ってねぇんだろう。まぁ悪い奴じゃなかったら、飯くらいは食わせてやるか。

「で、てめぇは何者だ」

「土の大精霊だって言ったがな⁉」

「……まぁそれじゃぁそんな感じで、一応話を続けるか」

「まったく信じてないがな⁉」

半泣きになりながら変質者は話を始めた。

それよりも、岩から見えてる足のすね毛が気になる。いや、綺麗《きれい》に剃《そ》られてたらそれはそれで腹が立つんだけどな。

「あ、そ、そうがな。証拠といえば、ここは精霊の森がな」

「おう、そうらしいな」

「人間は入って来られないがな！」

「ダウトだ。俺は人間なのに入れてるからな、死ね」

俺は躊躇《ためら》わず火の点いた薪《たきぎ》を掴《つか》み、構えた。

変質者は飛び上がり、俺から距離をとって必死な形相《ぎょうそう》をしている。

「待つがな！　待つがな！　零が入れたのには理由があるがな！」

「理由？　なんだそりゃ？　後、なんで俺の名前を知ってんだ」

「零のことはここに住んでたときから知ってるがな。それと理由は、零が特別だからがな！」

俺がここに住んでたことを知ってる？　怪しい。

なのにチビ共は、変質者に懐いてる感じがする。もしかして悪い奴じゃねぇのか？　……

いや、騙《だま》されてるだけな気がする。やっぱり話次第ではぶっ飛ばそう。

俺はそう心に決めながらも、一応薪《たきぎ》を元の場所に戻した。

「で、俺が特別ってのはどういうことだ」

「なんで自分に精霊が見えるのか、考えたことはないがな？」

「神様とかって奴がくれたスキルだろ」

確か、あのメガネは『精霊に愛されし者』っつーやつを俺にやるとか言ってたと思う。

「違うがな。スキルはあくまで本人の資質によるがな。資質を最大限まで伸ばしたのがスキルで、資質がなければスキルは得られないがな」

あー……つまりなんだ？ できることしかスキルにならないってことか。ってことは、あのメガネは、俺の素質ってやつを伸ばしたってことになるのか？

「まぁそういうことだがな。だから、零には精霊が見えてるがな」

「あぁ？ 俺は何も言ってねぇぞ？」

「人の表層意識くらいなら読み取れるがな！ 大精霊だがな！ 見直したがな？」

「うぜぇ、やっぱり埋めるか」

「埋める!? やめて欲しいがな！」

こいつはどうやら本物みてぇだ。チビ共の反応や、こいつの特異性を考えれば納得できる。

だが、見た目はやっぱ胡散臭《うさんくさ》い。これもきっと読み取ってんだろ。てめぇ怪しいぞ。

土の大精霊は、どうやら本当に俺の考えてることが分かるらしい。俺を見ながら、結構へこんでやがった。

「まぁ分かった。一応信じた。で、何か用か」

「用？ 用があるのは零のほうじゃないがな？」

「あぁ？ 変質者に用はねぇ」

「本当にいいがな？」

……よくねぇな。こいつは何かを知ってんだろ。直感だが、そんな気がする。

ちゃんと聞いておくべきなのかもしれねぇ。すげぇ聞きたくねぇけどな。

「俺の質問に答えてくれんのか？」

「答えられることだけになるがな」

「分かった。ならまず、精霊ってのはなんだ？」

「おぉ、いい質問だがな。精霊とはこの世界の維持に必要なものだがな」

なるほど、分からねぇ。酸素みたいなもんか？　さっぱり分からん。

俺の心を読み取ってるからなのか、疑問が顔に出てるからなのかは分からないが、土の大精霊は偉《えら》そうな顔をして腕を組んだ。

「精霊がこの世界の魔力を生み出してるがな。これなら分かるがな？」

「は？　待て待て。精霊は魔法が使えねぇんだろ？」

「魔法は魔力がないと使えないがな。つまり精霊がいなくなれば、魔法は使えないがな」

「お、おう」

やべぇ、どんどん分からなくなってる。

精霊がいないと魔法が使えない？　いや、グス公は精霊と契約してなくても使ってたよな。なら、いなくても使えるんじゃねぇか？

「まぁ今はなんとなく理解すればいいがな。この世界に魔力があるのは精霊のお蔭《かげ》。精霊がいなくなったら魔力がなくなるから、魔法が使えなくなるがな。オッケーがな？」

「おう、オッケーがな」

やべぇ移った。土の大精霊はニヤニヤ笑ってやがる。

俺が鉄パイプを握ると、笑うのをすぐにやめた。最初から大人しくしてろ。

「で、今は世界の魔力が乱れてるがな。このままじゃ、世界から魔力が消えるがな」

「待て待て待て待て待て。今、一気に話が飛んだよな？　なんで世界の魔力が乱れてんだ！」

「それは自分で調べるがな」

「お前が知らねぇだけだろ！」

おい、なにため息ついてんだ。この野郎、本当に俺に教える気があんのか？

なんかイライラと……しねぇな。あれ、なんでだ？

すぐに気分が落ち着いて、俺はこいつの話を聞こうって気になってる。信じてみてもいいかもしれねぇ……と思えてきた。こんなに怪しいのに、だ。わけが分からねぇ。

「零、いいがな？　残り三体の大精霊に会うがな。で、黒い石が何か、精霊解放軍がなぜあんなことをしているかを調べるがな。それから最後に一番大事なことを言うがな」

「おいおい、そんないきなり色々言われてもよぉ。……ん？　一番大事なことだ？」

「自分が何者かを知るがな」

……自分が何者か？　俺は俺だろ？　こいつは何を言ってんだ？

それとも俺には何かがあるのか？

「よく考えるがな。今までも自分に人と違うことがあったはずだがな。それはなぜなのか、自分は何者なのか。それが分かったときに……決めるがな」

「決める？　おい、何を言ってんだ！　わけが分からねぇぞ！」

「東に土の大精霊、私がな。そして、南に火の大精霊、西に風の大精霊、北に水の大精霊。覚えておくがな？」

「いや、だからそれがなんだって……あれ？　チビ共には木や花みてぇなの被ってる奴もいるし、氷とか雷とかの魔法もあるよな？　それはなんなんだ？」

「それは全部四属性からの派生《はせい》だがな。基本の四属性の大精霊が、派生したものも統括《とうかつ》してるがな」

　んん？　つまり氷は水の大精霊の仲間ってことか？　雷とかはどうなんだ？　分からねぇ。

　そんなことを考えているうちに、土の大精霊は、いつの間にか俺の目の前にいた。そして、そっと鉄パイプに触れる。

　おい、なに勝手に触ってんだ！

　振り払おうとした時、土の大精霊の指先から淡《あわ》い光が出て、鉄パイプの先に四つの穴が空《あ》いた。

　俺が首を傾《かし》げて見ていると、土の大精霊が穴に触れる。すると、茶色い石が穴にはまった。

なんだ、これ？

「精霊を救うために、大精霊の力が必要だがな。全ての大精霊の力を手に入れて、祭壇《さいだん》に捧《ささ》げるがな」

「祭壇？　いや、そこじゃねぇ。チビ共を救うってどういうことだ⁉」

俺の問いかけには答えず、土の大精霊はにっこりと笑った。いや、おっさんに優しく笑いかけられても嬉しくもなんともねぇんだが……。

よく分からねぇから、俺は土の大精霊を睨《にら》みつける。だが、土の大精霊は見る見るうちに姿が薄くなっていった。

「お、おい！　なんか薄くなってねぇか⁉　まだ話は終わってねぇだろ！　他のことはどうでもいいが、チビ共を助けるってことについて言えぇ！」

「分かったがな？　大精霊に会うがな！　そして自分が何者なのかを知るがな！　また会える日を楽しみにしてるがな」

「待てって言ってんだろ！」

……消えた。そう、段々薄くなったかと思ったら、そのまま消えた。まるでそこには最初から何もいなかったみてぇに、だ。

チビ共は消えたところをじっと見ている。

俺が決める？　何をだ？

この世界に来たのは偶然じゃなかったってことか？　あのメガネも、何か隠してやがるのか？

何も分からないまま、さらに分からないことが増える。

俺はただ、呆然《ぼうぜん》と立ち尽くすことしかできなかった。

第三話　こんなとこで何してんだてめぇ！

……いや、立ち尽くしていても駄目だ。

わけ分からねぇことはたくさんあったが、分かったことも多かったはずだ。とりあえず、分かったことをメモするべきだな。

メモ帳とペンは、リルリが俺のために用意してくれた袋の中に入っていた。あいつはどんだけ便利なんだ。

その日は洞窟に泊まることにして、色々とこれからのことをまとめてみた。
・黒い石のことを調べないといけない。だが、まだ情報はない。
・精霊解放軍の目的をしっかり知る必要がある。精霊を解放することに理由があるってことか。

・精霊ってのは何か大事なもんだ。いないと魔法が使えなくなる。
・世界の魔力が乱れてる。よく分かんねぇ。
・大精霊に会う必要がある。東西南北に一体ずついる。会うと何かが分かるってことなんだろう。
・チビ共に何があるのかは分からないが、やべぇらしい。助けるためには、大精霊に会う必要がある。
・俺には何かがあるらしい。俺のことを知らないといけない。今までにもヒントがあったみてぇだ。そして何かを決めないといけねぇ。
……こんなとこか。

俺は茶色の石がついた鉄パイプを見たが、当然何も答えてはくれなかった。

大体まとめ終わったので、次の目的地を決めることにした。動けばなんとかなるだろ。

この精霊の森は、地図によれば大陸の南東に当たる。で、土の大精霊とかいう変質者は東の大精霊だった。なら次に近いのは南か。

「うっし。南に向かうか」

そう決めて寝ることにした。今日はもう夜遅い。今から動くのは馬鹿のすることだ。

南にも町があるみてぇだし、地図を見る限りだと山が多い感じじか？

……まぁなんとかならぁ。

――朝、起きて身支度《みじたく》を整えた。

チビ共もやる気満々だ。俺に目的があるのが嬉しいらしい。俺と同じように荷物を背負っているが、もしかして真似《まね》してるだけじゃねぇよな？

段々、こいつらの考えてることが分かってきた……と思う。長く一緒にいるからだと思ってたが、もしかすると、これにも何か理由があるのかもしれねぇ。

まぁとりあえずは南だ。俺は森を出て、昨日通った道をまた歩きだした。


途中に分かれ道があるからそこまで戻って、南に向かう方角へ進めばいいだろう。

ってことで、分かれ道まで歩いてたんだがな。

なんか、聞き覚えのある声がこっちに向かってくる。前にもこんな展開があった。

「た、助けてください！　誰かぁ！」

赤い髪に赤い目。セミロングっぽい髪に少し低めの身長。

確認するまでもねぇ。顔を真っ赤にしてぜぇぜぇと息を上げて走って来ているのは、間違いなくグス公だった。

「ちょっと止まれや。こんなとこで何してんだてめぇ！」

「零さん!?　ひっ！　こっち見ないでください！　久々なので慣れてません！　後、助けてください！」

グス公は息も絶《た》え絶《だ》えという感じにもかかわらず、素早く俺の後ろに隠れた。

こいつは……。

俺は仕方なくグス公の来た方向を見る。ゴブリンが五体ほど意気揚々《いきようよう》と追いかけてきていた。

うん、この展開も知ってたな。

「おい！　てめぇ精霊と契約して強くなったんだろ！　なんで逃げてんだ！　焼いちまえばいいだろうが！」

「焼きました！　すっごい焼いたんです！　十体以上倒したんです！　でも魔力がほとんどなくなっちゃいました。えへへ」

「えへへ、じゃねぇ！　もうちょっと考えて使えや！」

もう、なんなんだこいつは……。

俺は頭を抱《かか》えたい気持ちを抑え、とりあえずゴブリンをどうするか考えた。

五体か。まぁなんとかできるだろ。どうぶっ飛ばすかが大事だな。さてまずは……。

「零さん！　何してるんですか⁉　もう来ちゃいます！　逃げるんですか⁉　そうですよね！　逃げましょう！」

「うるせぇ！」

俺はグス公の頭を叩いた。この感じすら懐かしい。

グス公は涙目になりながら、不服そうに俺を見ていた。知ったことか。

で、なんだ？　俺が逃げる？　ふざけやがって。

「逃げるわけねぇだろうが！　ぶっ潰《つぶ》すに決まってる！　てめぇは残った魔力で、できるだけ弱《よえ》ぇ火を飛ばして援護《えんご》しろ！　俺には当てんなよ！」

「流石《さすが》、脳筋《のうきん》ですね！　分かりました！」

てめぇに言われたくねぇ！

俺はその言葉を返す時間すら惜《お》しんで、ゴブリンに向かって走った。

相手は五体。全員が斧やら剣やらを持ってる。だが、動きはそこまで速くねぇはずだ。

何度かやりあって、奴らのことは分かってる。

まずは……石斧をぶん投げる！

「ぐげっ⁉」

おし、一番前の奴の体勢が崩れた。追いかける側だからって、調子に乗って集まって走ってるからだ。

前の奴が石斧を食らって後ろに倒れると、そいつのせいで他の奴の動きも止まる。

で、次は……鉄パイプをぶん投げる！

「ぐぎゃっ⁉　ぐぎゃ！　ぐぎゃっ！」

いいぞ、グルグル横回転しながら向かっていた鉄パイプが二体をぶっ飛ばした。その間に距離を詰《つ》めた俺は、振り返って仲間の方を見ている馬鹿の顔面を拳でぶん殴る。

さらに、俺に気づいて慌ててるもう一体も蹴《け》り飛ばした。

後はこいつらの石斧二本を拾って、一本は投げる！　もう一本で倒れてる奴をタコ殴りだ！

「おらおら！　どうしたさっきの威勢はよ！　ははは！　ぶっ殺すぞおらぁ！　……グス公！　援護はどうした！」

「ひっ！　今しますごめんなさい！」

ちっ。喧嘩《けんか》の雰囲気に呑《の》まれて動けなくなる奴ってのはよくいるからな。声をかけてみれば案の定《じょう》だ。

さて、二体はボコボコにのした。残りは三体か。

俺は足元に落ちていた鉄パイプを拾った。ボコりながら拾える位置に移動しておいて正解だ。

肩に鉄パイプを乗せ、ゆらりと立ち上がった俺は三体のクソ共を見た。

相手もやる気満々みてぇで、こっちを見てやがる。だが、俺はあえて視線をすぐに逸《そ》らした。

それで俺がビビってると思ったのか、三体は馬鹿みてぇに真っ直ぐ突っ込んでくる。計算通りだ。

距離が縮《ちぢ》まる、近づく、目の前まで……そして、俺は三体を見た。思い切り目に力を入れてガンつけてやると、ピタリ、と奴らの動きが止まった。今だ！

「グス公！」

「任《まか》せてください！」

俺はグス公の魔法の射線から外《はず》れるように、横へ飛ぶ。

その瞬間、後ろから火の球が飛んできた。その火球がゴブリン一体の顔面に当たり、ぶっ飛ばした。

さて、残りは二体。俺は鉄パイプで自分の手をぽんぽんと叩きながら近づく。

おいおい、なにビビッてんだ？　面白《おもしれ》ぇ顔してんじゃねぇよ！　まずは手近にいる一体からボコボコにするかぁ‼

……まぁその後は消化試合みたいなもんだった。ボコボコにした一体を、もう一体にぶん投げて、抱き合って倒れてるとこを二体まとめてボコった。それで終わりだ。

だが、一番の問題はこいつらのことじゃねぇ。

「えへへ、やりましたね零さん！　チームワークの勝利です！」

俺は何も言わずにグス公の頬を捻《つね》り上げた。何がチームワークだ、このドアホが！

「いひゃい！　いひゃいです零さん！　しゅっぎょくいひゃいです！」

「うるせぇ！　なんでてめぇがここにいんだ！」

「いひゃいでしゅって！　とりひゃえず放してくだしゃい！」

ちっ、仕方ねぇ。話を聞かないとしょうがねぇしな。俺はグス公を解放してやった。

グス公は半泣きで赤くなった頬を撫《な》でている。口を尖《とが》らせて頬《ほお》を膨《ふく》らませているし、不服に思ってるのは明らかだ。

「で、もう一回聞くぞ。てめぇはここで何してんだ」

「零さんを追いかけてきました！」

「そうか、帰れ」

「ひどくないですか!?」

こいつは一体何を考えてんだ。色々城で忙しくなるんじゃなかったのか？

第一、俺がなんでこいつを置いて一人で出てきたと思ってんだ。

アマ公も大騒ぎだろうし、リルリも真っ青《まさお》になってんじゃねぇか？　……いや、リルリは顔色一つ変えてないかもしれねぇな。

「そもそも、なんで俺がいるところが分かったんだ」

「計算しました！」

「はぁ？」

グス公は胸を張ってドヤ顔してる。うぜぇ。

「零さんは、この世界のことに詳しくないですよね？　だから、まずは一度行ったことのある場所に向かう可能性が高いと考えられます。となると、城の南門を通ったはずです。南門辺りで聞き込みをしたら、零さんらしき人が王都を出たことが分かりました。やはり私と行ったカーラトの町を目指すことにしたのでしょう。エルジーさんがいますからね。知ってる人を頼るのは当然です。カーラトに立ち寄った後は、精霊の森にも行くはずだと思いました。ということで、零さんを探しに森まで向かっている途中で、今の状況になったんです」

　待て待て、長ぇ。つまりどういうことだ？　俺の行動を予測した？　この馬鹿が？

……ありえねぇだろ。なんでそんなことをできる奴が、ホイホイと俺を追いかけて来てゴブリンに襲われてんだ？　リルリにでも聞いた可能性が高《たけ》ぇな。

「ところで零さん。なんでこんなところに一人でいるんですか？」

「あぁ？」

「もうやだなぁ、迷子《まいご》ですか？　まぁ私がいるからもう大丈夫ですね！」

「いやお前、何言ってんだ？　俺には俺で考えることとかがだな……」

「そうですよね、分かります。じゃあこれからどうしましょうか？」

「いや、だからお前は城に帰れって」

「そうですね。分かりました、行き先は零さんにお任せしますね。でもこれからはちゃんと私に言ってから出かけてくださいね？　今回みたいに零さんが迷子になってしまうと困りますから」

あれ？　なんかおかしくねぇか？　グス公は笑顔なんだが、目が笑ってねぇ。そもそも話が通じてねぇ気がする。

俺は背筋にゾワッとしたものを感じた。やべぇ、なんかこれはやべぇ。どうする？　逃げるか？　グス公から逃げる？　なんで？　いや、だがこれはやべぇ。

「お、落ち着けグス公。とりあえず俺たちには、話し合いが必要だと思わねぇか？」

「そうですね、今後のことも考えて私たちには話し合いが必要ですよね！　今後とか……もうやだ零さんったら！」

「お、おう。今後って言ったのはてめぇだけどな……」

「ふふふ、零さんったら零さんったら零さん零さん零さん零さん零さん」

やべぇ。本当にやべぇ。誰か助けてくれ。チビ共はすでに周囲にいない。森の木の陰《かげ》に隠れてる。俺もそっち側《がわ》に入れて欲しい。

この状況はどうしたらいいんだ？　と、とりあえずだ……。そうだな、殴るか。

俺はグス公の脳天にチョップを入れた。かなり強めにだ。

「おらぁ！」

「痛い！　何するんですか⁉」

　お、目に光が戻った。なるほど、ゴブリンに襲われてテンパってたんだな。これでとりあえず一安心だ。

「まぁなんだ、お前は城に帰れ。俺にはちょっとやることができてな」

「殴ったことはスルーですか⁉　もう……私も零さんについて行きますよ」

「いや、それはまずいだろ。お前も城でやることとかがだな……」

「大丈夫です。許可はとってあります！」

「許可？　あの陛下《おっさん》がよく許したな」

「……ほら、こないだのリザードマン討伐の功績が認められたんですよ！」

「あぁ、なるほどなぁ」

　なんか妙な間があったような……気のせいか？　まぁ許可がとれてんならいいだろ。……いいのか？

　若干《じゃっかん》変な感じもするし、無駄な時間を使っちまった気もする。だがまぁ、考えても仕方ねぇ。

　俺はまたグス公と旅をすることになった。

第四話　聞いてんのか？

俺はグス公とチビ共を引き連れて南へと向かおうと思っていたんだが、グス公に言われて立ち止まっていた。

「カーラトの町まで戻って、乗合馬車で行ったほうがよくないですか？」

「てめぇがいなければそうしてたかもな」

「うっ……。だ、大丈夫です！　我慢します！」

「できねぇからやめとけ」

グス公はすげぇ乗り物酔《よ》いをする。王族専用の馬車以外だとダメらしい。面倒くせぇ。

なので当然のように、俺たちは徒歩で向かうことになった。チビ共に酔い止めの薬を作ってもらうっつぅ手もあるが、まぁのんびり行くのも悪くねぇ。というか、俺はわりと好きだ。

道すがらグス公にこれからの目的を話すのも、他の奴がいないぶん、楽だしな。他人に聞かれたらまずそうな話題もあるからなぁ。

「おうグス公。今後の予定についてなんだが……」

「零さんについて行きます！」

「いや、そうじゃなくてだな。これからどこに行くかなんだが……」

「零さんについて行きます！」

とりあえずぶっ叩いた。なんか、こいつおかしくなってねぇか？　妙に俺との距離も近《ちけ》ぇしな。正直暑苦しい。

殴れば元に戻るが、段々その時間も短くなってきてる気がする。本当に大丈夫かこいつ？

「で、まぁ俺らは南に向かう。火の大精霊って奴を探すためだ」

「大精霊？　聞いたことがないですけど……」

「あぁ、俺の知る限りでは変質者だ。だが、かなりできる変質者だ」

「精霊じゃないんですか⁉」

いや、お前もあれを見たら間違いなくそう思うぞ。あれは紛《まぎ》れもなく土の大精霊だった。

正直、次の大精霊に会うのが心配になるくらいにな。

グス公はころころと笑っていて、特に行き先に疑問はねぇみたいだ。物分かりのいい奴で助かる。

「で、精霊解放軍がなんであんなことをしてるかとか、黒い石のこととか。何かそっちで分かったことあんのか？」

「え？　すぐに城を出た私が、そんなこと分かるわけないじゃないですか」

「使えねぇ……」

「でも大丈夫です！　私と零さんがいればなんとかなります！」

「やっぱ帰れ」

「ひどくないですか⁉」

なんか懐かしいやり取りだ。いや、懐かしいってほど長い時間離れてたわけじゃねぇんだけどな。

さて、とりあえずグス公が何も情報を持ってねぇことは分かった。ってことは南の町に行って情報を集めつつ、黒い石や精霊解放軍についても調べていく感じになるか。

俺が今後のことを考えていると、グス公が袖《そで》をクイックイッと引っ張りだした。なんか、あざとくてうぜぇ。

「南に向かうのは分かったんですが、その大精霊は南のどこにいるんですか？」

「あぁ？　そりゃ……どこだ？」

そういや、どこにいるんだ？　南としか言われなかったよな？　あのがながな変質者、本当に大事なことは教えてくれてねぇな。

俺が考えている間も、グス公はジトっとした目でこっちを見てやがる。やべぇ、俺の評価が不当に下がってる気がする。

何か手がかりはねぇか？　……そうだ。土の大精霊は精霊の森にいたよな？　なら、そういう感じのとこにいるんじゃねぇか？

「森を目指せばいいんじゃねぇか？」

「零さん、南に森はほとんどありません。活火山などの多い山岳地帯です。あるのは鉱石ばっかりです……」

詰んだ。どうする、何か他に手がかりは……。

えーっと……そうだ！

俺はチビ共に地図を見せた。

「おい、なんかそれっぽいところ知らねぇか？」

お？　チビ共が集まって相談してやがる。可愛《かわい》いな。

だが、こう見るとチビ共も増えたもんだ。正直なところ数え切れてねぇ。数百？　数千？　……まぁたくさんいるほうがいいってもんだろ。

……そういやこいつらって、どうやってついてきてんだ？　気づくといるんだよなぁ。

そんなことを考えていたら、チビ共が地図の一点を指差した。お、ここか。

「グス公、俺たちの目的地はここだ」

「え？　えぇ⁉　ここってフュー火山ですよね⁉　人の立ち入りが禁止されてる危険区域ですよ⁉」

「おう、そこに行くぞ」

「いや、ですからそこは危険なんですって！」

「大丈夫だ、俺を信じろ」

グス公は半泣きであうあうしている。

いいからグス公は俺を信じてついてこいってんだ。俺はチビ共を信じて動くからな！

これで間違いはねぇ。

とりあえず俺たちの目的地はフュー火山に決まりだ。

俺たちは目的地に向かって歩きだしたが、グス公はグスグス泣いていた。

いつまで泣いてんだ？ 今は泣くよりも、準備とかそっちのほうが大事だろうが。

「あの雫さん」

「なんだ、目的地なら変えねぇぞ」

「あうあう……。いえ、そうではなくてですね。移動方法とかも考えたほうがよくないですか？」

「火山用の装備か？ 俺もそれは考えてた。靴とかそういうのも必要かもしれねぇよな」

「そうじゃなくてですね！ 火山に向かうまでの移動方法ですよ！ まさか、歩いて行くんですか⁉」

「あぁ？ そのつもりだぞ」

「無理ですぅ！」

駄々《だだ》っ子のようにグス公が暴れ出した。確かにこいつの体力じゃ、どんだけ時間がかかるか分からねぇ。

だが馬車で移動しようにも、こいつはすぐに酔う。そもそも、立ち入り禁止区域に馬車なんか出てねぇだろ。なんであの乗り心地のいい王族専用の馬車を持ってこなかったんだ、こいつは。

……いや、今からでも遅くないんじゃねぇか？

「おい、グス公。俺は先に歩いて向かってるからよぉ、お前は一度城に戻って馬車とってこいよ。それで解決じゃねぇか？」

「……」

黙った。急に黙って、そっぽを向いた。何やってんだ、こいつは？

もしかして、俺が帰らせようとしてると思ってんのか？

いや、確かにどうせなら巻き込みたくねぇから帰らせたい。

だが、それもできねぇしな。こいつは絶対についてくるつもりだ、間違いねぇ。なら、少しでも楽をさせねぇと、お守《も》りをする俺まで大変だ。

……あれ？　そういやこいつ、どうやってリルリを納得させたんだ？　一人で来たんだよな？

「グス公、聞いてんのか？」

「き、聞いてますよ？　馬車……馬車ですよね？　えぇ、あれはちょっと整備中でして。後からリルリが持ってきてくれるはずです。それまでは徒歩でもしょうがないですね、はい」

「いや、お前ついさっき移動方法がって……」

「うっかり忘れていただけです！　それまでは頑張《がんば》るしかありません！」

言うだけ言って、グス公は先に歩きだしやがった。なんか汗かいてたように見えたが……気のせいか？

後からリルリも来るんだな。あれだけ心配してたくせに、結局グス公には甘いってところか。

まぁリルリも来るんなら大丈夫だろう。グス公のことをしっかり考えてる奴だからな。

それまではゆっくり進んで行くしかねぇ。

俺のためじゃなく、グス公のためにな……。


——小一時間、俺たちは爽《さわ》やかな陽気を楽しみながら散歩気分で進んでいた。

いい天気じゃねぇか。気分までよくなるってもんだ。

「疲れました……」

どうやら気分がよくねぇ奴もいたようだ。

段々ペースが落ちてきてるとは思ったんだがな。グス公は顔を真っ赤にして息を必死に整えている。

どうやら、俺にぜぇぜぇ言ってるのを聞かれないために我慢していたらしい。真っ赤でタコみたいだ。

「分かった。なら休むぞ」

「え？　今日は零さんやさし……」

グス公はそこまで言って、よろよろと森の木の陰に入っていった。

なんか木の陰から嫌な音がする。俺は無言で水を用意した。チビ共は薬みたいなのを俺に差し出してきた。うん、悪《わり》ぃなお前ら。

少し待っていると、赤い顔から青い顔になったグス公が戻ってきた。

「もう大丈夫です。行きましょうか」

「いや、行かねぇから少し横になれ」

「ううう……」

こいつは何をムキになってんだか。俺はグス公に水と薬を飲ませた後、ちょうどいいし、エルジジィにもらった干し肉で昼飯にすることにした。

うん、これだけじゃ足《た》りねえかもな。……っと、チビ共がどんどん草やらきのこやらを持ってくる。ついでに鍋《なべ》を叩いていた。これでスープでも作れってことらしい。昼飯には十分だな。

俺が昼飯を済ませた後も、グス公は水と薬を飲んでぐったりだ。だが、さっきより顔色が良くなってきている。

休んだのもあるだろうが、チビ共の薬が効いてんのか？　酸欠《さんけつ》に効く薬ってなんだ？

俺の元いた世界では、スプレー缶みたいなのに入った酸素ボンベを使うんじゃなかったか？　……だが実際、グス公は落ち着いてきている。不思議なもんだ。

「零さん、すいません。足手まといになって……」

「いつものことだろ」

「ううう……しょうがないんです！　箱入り娘なんです！　悪いですか⁉」

「いや、何も言ってねぇだろうが。大人しく寝てろや」

「はい……」

一息ついて腹もこなれてきたときだった。

ガサガサッという物音が森の中から聞こえた。

第五話　鉈《なた》買うぞ

俺はいつでもボコれるように、手元に置いといた鉄パイプを掴《つか》んで物音のした方に構える。

……だが、何も出てこない。俺はゆっくりと立ち上った。

「グス公、少し下がるぞ。お前は俺より前に出るな」

「はい。分かりました」

グス公も音には気づいていたらしい。スッと俺の斜《なな》め後ろに下がる。

俺たちは前を警戒しながら、ゆっくりと後退《あとずさ》った。いきなり森の中から何かが飛び出してきたら困るからな。

音は、確実に俺たちのいる方へ迫ってきていた。

一体、何が出てくるんだ？

音のする方向を注視《ちゅうし》していると、森から這《は》い出てきたのは、でっかい花だった。

「はぁ？　なんで花が出てくんだ？」

「零さん近づいたら駄目です！　それは死霊花《しりょうばな》です。でも、このモンスターは動物などの死骸《しがい》を養分にしてるはずなのに、なんで私たちの方に……」

「やべぇのか？」

俺が聞くと、グス公は顎《あご》に手を当てて考え出す。

少しして考えが纏《まと》まったのか、一つ頷き答えた。

「モンスターが活性化していることと関係があるのかもしれません。燃やしましょう！」

それだけ言うと、即断即決。グス公はすぐに手を森へ向けて構えた。

グス公の手の周りを炎が舞いだす。

いや待て。お前どこにぶっ放《ばな》す気だ⁉

「零さん下がってください！」

「馬鹿か！　待て！」

前に飛び出したグス公を、俺は腕を引っ張って下がらせた。

突然だったからか、グス公はそのまま尻もちをつく。強く引っ張りすぎたか。

「もう！　零さん何をするんですか！」

「こんなとこで炎を撃ったらどうなると思ってんだ！」

「えっと……燃えます！」

「あぁそうだな、森はすげぇ燃えるだろうな！」

「あっ」

グス公は今気づいたかのように、魔法を消して口を押さえた。あざとく手を頭にコツンとやってやがる。ちっ、腹立つな。

まぁグス公のことはいい。森が燃やされなかっただけで十分だ。

だが、参ったな。花の向こうに森がある以上、グス公の魔法をぶっ放すわけにはいかねぇ。

殴るか？　所詮《しょせん》は花だ。なんか周りを蔓《つる》みたいのがウネウネしてるが、どうってことはないだろう。

ん……？　いや、そもそもなんで俺はやる気になってんだ？

「どうしますか、零さん。距離を取りつつ誘《おび》き出して、魔法で倒しますか？」

「いや、逃げっぞ」

「ふぇ？」

「よく考えたら倒す必要もねぇ。まだ襲われたわけでもねぇしな。逃げっぞ、走れ」

俺はグス公の手を掴《つか》んで走りだした。グス公はなぜだか顔を少し赤くしながら、「うふふ、二人の逃避行《とうひこう》ですね」とか、わけの分からないことを言っている。

また変になってるんだろう。後で頭にチョップを入れるか。

ため息をつきつつ走っていたのだが、不意に何かに引っかかって転んじまった。

「痛《いて》ぇ！　くっそ、なんだ？」

「零さん！　足です！」

「足だぁ？」

慌てて足元を見ると、俺の足にはあの花の蔓《つる》がしっかりと巻きついていた。

やべぇ！

すぐさま俺はその蔓《つる》を鉄パイプで殴りつけた。だが全然効果がないようで、俺の体はじりじりと花の方に引きずられていく。

落ち着け。鉄パイプじゃ駄目なんだ、刃物かなんかなら……石斧か！

俺は焦りながらも、腰に差してあった石斧を左手に持って振り上げる。これで蔓《つる》なんてぶった切ってやらぁ！

ガンッと、左手に握った石斧から強い衝撃が伝わってくる。その衝撃とともに、握っていた石斧が後方に吹っ飛んだ。

前を見ると、何本もある蔓《つる》のうちの数本が石を掴《つか》んでいた。どうやらあれを石斧に当てて吹っ飛ばしたみてぇだ。

ほんの一瞬だ。一瞬、石斧のこともあって、俺は力を抜いちまった。その隙《すき》をあの花は逃《のが》さなかった。

「ちょ、てめぇ！　くそが！」

俺の体は、花の上で逆《さか》さに持ち上げられた。あの細い蔓《つる》のどこにそんな力があんだ⁉

鉄パイプを振り回したが、上手いこと俺の体に巻きついた蔓《つる》を動かされて花に当てることができねぇ。花についている目（？）みてぇなところを睨みつけると、にたりと笑ったように見えた。

花びらに囲まれた中心部分が割れるように開く。現れたのは、口のようなものだった。それを大きく広げている。それが何を意味するのかは、すぐに分かった。

俺をこのまま食うつもりだ。なら、腹の中で暴れてやるか？　いや、動けるとも限らねえ。じゃあ、どうする？

一つしか、俺には方法が浮かばなかった。

「グス公！　魔法でこいつをぶっ飛ばせ！」

「え？　で、でも森が燃えちゃいますよ？」

「調整してこいつだけ燃やせ！　てめぇならできる！」

「私ならできる……。分かりました！　任せてください！」

グス公は杖を持ったまま両手を前に突き出した。その両手に火が集まって火球となる。炎を普通に放てば、森まで燃えちまう。だが、火球ならこいつだけを燃やせるかもしれねぇ。

グス公にしては考えたじゃねぇか！　後は上手く調整できるかだが、そこはグス公を信じるしかねぇ。

「やれ！」

「いきます！」

グス公の魔法は、真っ直ぐに死霊花《しりょうばな》に向かっていった。

これなら当たる！　威力は強そうだが、森が燃えないことを祈るばかりだ。

だがこの花は、予想外の行動をとりやがった。持ち上げていた俺の体を、火球の軌道《きどう》上に動かす。つまりは、俺を盾にしようってんだ。

「やべっ……」

身動きが取れない俺は逆らうこともできない。すぐさま、背中に強い衝撃が……熱《あち》ぃ！

俺に当てちまったグス公を気遣《きづか》い、叫び声を出さないよう必死に耐える。

くそ！　ふざけやがって花が！

だが熱さに悶《もだ》える俺のことを、花は不思議そうに見てやがった。何見てんだこいつは、熱いに決まってんだろうが！

「零さん!?　あわわわ。私、零さんを殺しちゃいました！　もう夫の後を追うしか……その前にあなたは許しません！　燃えろ！」

「ちょ、待て」

制止の言葉は届かず、グス公はさっきと同じ火球を死霊花《しりょうばな》に向けて撃った。そりゃもう、ばんばん撃ちやがった。

俺のことを見ていた死霊花《しりょうばな》はそれに気づかず、そのまま火球は何発も花に直撃する。そして盛大に燃え始めた。

そりゃ当然か、花だからな。……だが待て、熱《あち》ぃ！　俺も燃えるじゃねぇか！　くそグス公が！　あちちちち！

吊《つ》るされた俺の下で、盛大に焚《た》き火《び》がおこる。だが花が燃やされているお蔭《かげ》で、俺を掴《つか》んでいた蔓《つる》の力も弱まった。

熱《あち》ぃ！　放されても下は結局燃えてるじゃねぇか！

俺は慌てながらも、火の中から転がって抜け出した。

「ううっ、零さん待っていてください。私もすぐに後を追います」

「てめぇ熱《あち》ぃじゃねぇかグス公が！」

「え？　零さん!?　なんで無事なんですか!?」

何をどう見たら無事に見えるんだ、こいつは。すげぇ燃えそうになってただろうが。

あぁくそ。まさか生きたまま火炙《ひあぶ》りになる日が来るとはな……。

「あの、零さん？　なんで大丈夫なんですか？」

「だから大丈夫じゃねぇって言ってんだろうが！　背中は少し痛《いて》ぇし、体の色んなとこを火傷《やけど》してんぞ！」

「いえ、そうじゃなくて……。あれ？　私、そんなに手加減したかな？」

「殺す気だったのかてめぇ！」

「いえいえ違いますよ？　誤解です本当です！　あ、なんですかその指。デコピンはやめてくださ……痛い！」

色々と言いたいことはあったが、とりあえず森が燃えずに済むように、俺は動かなくなってる花を蹴り飛ばして移動させた。まぁ、もう真っ黒になってるから大丈夫だとは思うんだがな。

で、一応チビ共と一緒に水を辺りへ撒《ま》いて消火作業だ。水はチビ共が持って来た。どこからかは分からねぇ。

これだけやれば一安心だろ。

作業を終えた俺は、マントと鎧を外して上着を脱いだ。

「零さん⁉ 急に脱がないでください！」

「うるせぇ！　いいから見てくれ。赤くなってねぇか？」

「そんな結婚前の娘に無茶言わないでください！」

面倒くせぇ……。俺は顔を赤くしてあわあわしているグス公に、もう一発デコピンをぶち込んだ。そして、チビ共に頼んで見てもらった。

チビ共は変な塗《ぬ》り薬を、俺の背中と火傷《やけど》したところに塗ってくれている。ミントのアイスを食べたときみてぇな感じっていうのか？　なんかスーッとして、痛みが和《やわ》らいだ。

ふぅ、チビ共がいて助かった……。

それにしても、でかい花に襲われるとはな。この世界じゃ、色んなことがあるもんだ。

「あ、あの零さん……大丈夫ですか？」

「おう、もう大丈夫だ。助かった、ありがとな」

「いえ、私が外してしまったばかりに……」

「なんかへこんでると思ったらそれか。別に外したわけじゃねぇだろ。相手が上手《うわて》だっただけだ。今後はこういうときのことも考えないといけねぇなぁ」

「はい、頑張ります」

シューンとして、グス公は小さくなっている。なんだか昔のグス公みてぇだ。……いや、昔ってか元々こいつはこうだよな。

とりあえずあれだな、刃物の必要性ってのを学んだ気がする。石斧も悪くねぇと思っていたが、切れ味を考えるとなぁ。もうちょっとしっかりしたのがあったほうがいいだろう。ぶった切るものか……。

「とりあえず、次の町では刃物も買っておいたほうがよさそうだな。鉄パイプや石斧だけじゃ、あぁいうのに困る」

「そうですね。やっぱり剣が必要ですね」

「鉈《なた》だな」

「はい、剣があれば……え？　鉈《なた》？　あの、剣は……」

「鉈《なた》があれば、あんなの簡単にぶった切れるだろ」

「せ、せめて短剣とかのほうがいいんじゃないですか？」

「短剣なんて柔《やわ》なもん、切れなくなったらどうすんだ？　その点、鉈《なた》なら丈夫《じょうぶ》だからな。戦う以外にも色々使えるぞ」

グス公は釈然《しゃくぜん》としないという顔をしていた。こいつは利便性《りべんせい》ってやつが分かってねぇな。なるべく丈夫なもんが一番だ。短剣なんて頼りにならねぇ。何より俺は使ったことがねぇからな。

「まぁとりあえず怪我《けが》も落ち着いたしよ。町に向かうか」

「え？　もう大丈夫なんですか？　後、やっぱり剣のほうがよくないですか？」

「鉈《なた》だ、鉈《なた》。鉈《なた》買うぞ」

「ううん……？」

なんか難しい顔をしているグス公を引っ張って、俺たちはその場を後にした。

いい鉈《なた》を売ってるといいんだがなぁ……あ、そういえばマチェットってのもあったな。あれは昔、田舎のジジイの家で使ったが悪くなかった。だが鉈《なた》より取り扱い注意とか言ってた気がする。

危ないほうが戦う分には便利なのかもしれねぇけどなぁ。草とかばっかり切るわけじゃねぇし。

ん？　そういや田舎のジジイは、なんであんなに斧とか鉈《なた》とか鎌《かま》とかマチェットを持ってたんだ？　……まぁどうでもいいか。田舎暮らしってのは、きっとそんなもんなんだろ。

第六話　一体どういうことだ？

あれから数日、途中でゴブリンに襲われたが、なんとか撃退して俺たちは南に進んでいた。南に行くにつれ、周囲から木や草花が減っていった。暑い。

「なんなんだ、この暑さは……」

「フュー火山の影響ですね。南は植物が少なくて、山岳が多くなっています。そして暑いです」

なるほど、つまりそれで暑いってことか……。

もうすぐ町に着くはずなんだが、とにかく暑い。日が射している暑さとは違い、こう、なんていうんだ？　下から、もわもわとくる暑さってのか？　不快感がすげぇ。

俺がグス公と暑い暑いと言い続けながら歩いていると、前からチビ共が走って来た。火の被り物をしたチビ共だ。マッチとかのもいる。

火の精霊ってやつだろう。南に来てからは火とか岩とかの精霊が増えた。岩って、属性的には土なんだっけか？　まぁどっちでもいいか。とりあえずそいつらと、いつも通り契約をした。

そういや契約数に上限とかってねぇのか？

だが、今のところ契約したからといって問題は起きてねぇ。だから大丈夫なんだろ。

納得したことにして、俺は契約を済ませて歩きだす。

進めば進むほど、火の精霊たちは元気になってやがる気がする。飛び跳《は》ねたりスキップしたりして、はしゃいでる姿が可愛い。

ちなみに、グス公もわりと元気だ。

どうやら炎の魔法を使える奴は、暑さに強いらしい。グス公曰《いわ》く、俺が炎使いでもないくせに普通にしてることのほうが、むしろ違和感があるそうだ。

いや、普通じゃなくてかなり参ってんだけどな。情けないところを見せねぇのは、男の意地みたいなもんだ。

「とりあえず岩陰《いわかげ》で一度休むか」

「ですね、無理をしても仕方ないですからね」

俺たちは街道を少し外れ、大きな岩の陰で休憩する。ここまでも何度かこういう風に休んだ。

ちなみに岩には触れたらいけねぇ。熱いからだ。

ついでに、日陰《ひかげ》に入っても涼《すず》しいわけではない。陽射《ひざ》しとかじゃなくて、こう下からくる暑さのせいだ。それでも日陰は少しマシだけどな。

「あぁ、リルリがいれば氷を出してもらえるのに……」

「確かに。グス公の水魔法じゃ氷水を作るのが精々《せいぜい》だからな。でもまぁ、それで助かってるぜ」

「うーん、自分の属性に合ってない魔法は、魔力がごりごり減っていくんですよね」

ふぅん、色々決まり事みてぇのがあるんだなぁ。

だが、それでもなんとかなってるだけいいだろ。無理をしなきゃ町まで行けそうだしな。

……正直、チビ共がいなかったらこうはいかなかっただろう。これだけ毎日歩いてれば、当然足の裏とかもズタボロになるし、体もぐったりだ。

なのにチビ共のくれる不思議な薬を塗ると、次の日にはなんとか大丈夫になる。これがなかったら、とても毎日歩くことなんてできねぇ。

「ところで、町までは後どれくらいなんですかね？」

グス公に言われて、俺は手元の地図を見る。ふむ、もうちょいってところか。

「このままいけば夕方には着くってとこだろうな」

「なるほど。いいダイエットになりそうですね！」

「いや、お前そんなに肉ついてねぇだろ」

「ちゃんとついてます！　失礼ですよ！　こう見えても、胸は平均より上くらいはあるんですからね!?　セクハラです！」

「いや、胸の話はしてねぇんだがな……」

グス公はぷんぷん怒っている。でも、その理論でいくとダイエットで胸のぶんが減るんじゃねぇのか？　だが、そう言ったら余計面倒なことになりそうだ。俺は適当に流すことにした。


まだ体形や胸のことでぷりぷりしているグス公は放っておいて、俺は水で濡《ぬ》らした布を頭に載《の》せて、また歩きだした。頭の上と首の後ろに布を当てると気持ちがいい。ここまでに学んだことの一つだ。……まぁ、すぐに温まっちまうんだけどな。

それでも俺たちは概《おおむ》ね予定通り進んでいた。視界に入るのは岩ばっかりでうんざりするが、確実に町へは近づいている。

ついでに、左手側にはでかい山が見える。どうやらあれがフュー火山らしい。

「そろそろ町が見えてもいい頃ですね」

「思いっきり水の中にでも飛び込みてぇとこだな」

「あはは、それは同感ですね」

汗を拭《ぬぐ》いながら、何度か休憩をとりつつ進むと町が見えてきた。よし、もうちょいだ。着いたら浴《あ》びるほど冷たい水を飲んでやらぁ！

予定では夕方に到着予定だったんだが、辺りがほんのり暗くなる頃に町の東門に着いた。

鉱山都市フューラ。まぁ想像通りの場所だった。町の中にはトロッコとかの道があり、住民もごつい奴がたくさんいる。

グス公によれば、どうやらここには鉱脈を掘《ほ》り当てて一攫千金《いっかくせんきん》を狙う奴とかもいるらしい。グス公は町の雰囲気《ふんいき》が苦手だとか言ってたが、要はガテン系の兄ちゃんが集まってるってことだろ？　話してみれば案外いい奴なんじゃねぇか？　いや、話したことはねぇけど。

ともかく、町まで着いてしまえばこっちのもんだ。とりあえず宿だな。

俺たちは重い体に鞭打《むちう》って、町の中へ入った。もうすぐ休める……。

しかし、すぐに止められた。

「止まれ！」

「あぁ？」

「アマリス様、見つけました！」

「ご苦労」

町に入った俺たちの前に出てきたのは、アマ公と鎧を着た奴らだった。たぶん騎士団ってやつか？　こんなとこで鎧着てて暑くねぇのかなぁ。

……それより、なんでアマ公がいるんだ？

俺がグス公の方を見てみると、顔が青ざめていた。

まさかこいつ、何かやらかしてきたのか？　確かに怪しい素振《そぶ》りはあった。どうせアマ公の反対を振り切って飛び出したとかだろ？　ったく、あんまりグス公は成長してねぇな……。

やれやれとため息をつきつつ、俺はアマ公へ軽く手を上げて話しかけた。

「おう、久しぶりだなアマ公。どうしたよ」

「黙れ、下郎《げろう》が」

「その口調も久々だなぁ。で、どうした。何か用事か？」

「黙れと言っている！」

俺はそこでやっと気づいた。穏《おだ》やかじゃねぇ。アマ公の様子は明らかにおかしく、目がギラギラしてやがった。

さらに騎士団の奴らは、俺たちを囲むように動いている。まるで逃げ場をなくすためみてぇに。

「零、まさかお前がそこまで愚《おろ》かだとは思わなかったぞ」

「……随分《ずいぶん》な言いぐさじゃねぇか。一体どういうことだ？」

そこで、いきなり爆音がした。

なんだ!?　攻撃か!?

慌てて周囲を見回すと、辺りには砂埃《すなぼこり》が舞い上がり、視界が悪くなった。

「零さん！　こっちです！」

　音はグス公の魔法が原因だったようだ。あいつ、また考えなしに魔法をぶっ放しやがった。文句を言いたかったが、俺の手を掴《つか》んだグス公は一目散《いちもくさん》に走りだす。おいおい、まだ話してすらいねぇぞ？

　……とまぁ、いつもの俺なら思うだろう。だが、状況が良くないことは分かっている。俺はグス公に逆らわず走ることにした。

　走りながら、一応グス公に聞いてみる。

「おい！　どういうことだ！」

「話は逃げてからにしてください！」

　やっぱり逃げてんじゃねぇか！　何をやらかしたんだ、グス公は……。ちらりと後ろを振り返ると、騎士団が態勢を立て直しているのが見える。

　それだけならいい。問題はアマ公だ。雷をバチバチと周囲に飛ばしながら、殺すような目つきでこっちを見ている。いや見ているっていうか、物凄《ものすご》い勢いで走って来た。

「零おおおおおおお！　よくも魔法を撃ち込んでくれたなああああああああああ！」

「待て！　俺は魔法を撃てねぇぞ！」

「零さん！　弁解してないで走ってください！」

「弁解が必要なのは俺じゃなくて、てめぇだろうが！」

……アマ公はところどころ焦《こ》げている。どう考えてもグス公の魔法のせいだろう。なのに俺のせいになってて、捕《つか》まったら殺されそうだ。理不尽《りふじん》すぎるだろ！

そんな俺たちの目の前に、見覚えのあるボロい馬車が止まり、道を遮《さえぎ》った。

「グレイス様！　零！　乗れ！」

「リルリ⁉　お前までこんなとこで何してんだ⁉」

「いいから早くしろ！」

俺たちはよく分からないまま、馬車に乗り込んだ。リルリはグス公が乗ったことを確認し、すぐに馬車を走らせた。おい！　俺はまだ……落ちるだろうが！　くそっ！

なんとか俺も馬車に乗り込み、後ろを見た。

やべぇな、アマ公が髪を振り乱して鬼のような形相で追いかけて来ている。「零殺す！」とか言いながら走るのはやめて欲しい。俺は悪くねぇ。

町の人も大変だ。屈強《くっきょう》な男たちがぎゃーぎゃー言いながら、馬車を避《さ》けて蹲《うずくま》って泣きわめいている。オカマ口調なのが気になったが、それどころじゃないので聞かなかったことにした。

そのまま町の中を走り、鉱山都市の西門から外に抜け出す。町に入ったばっかなのに、もう西門からおさらばだ。

グス公は追手《おって》を見ていた俺をどかし、間髪《かんはつ》を容《い》れず後ろに魔法を放って視界を悪くする。

ついでにアマ公の絶叫が聞こえた。どうやらまた当たったらしい……。

西門の前には、リルリが氷の魔法で壁を作った。今のアマ公なら雷魔法で一瞬にしてぶっ壊しそうだが、たぶん少しは時間が稼《かせ》げるだろう。


——ある程度進んだ頃か。リルリは周囲を警戒し、追手がいないことを確認していた。

そろそろいいだろうと思い、速度を緩《ゆる》めぬまま何も言わないリルリに話しかけた。

「おい！　これはどういうことだ！　なんで俺がアマ公に追いかけられてんだ⁉」

「落ち着け。事態は非常に悪くなっている。グレイス様もなんで一人で動いたんだ！　僕を待ってくれてもよかっただろう！」

「ご、ごめんなさい……。あの、リルリ？　その口調は……？」

「今はそれどころじゃないだろ！」

「ご、ごめんなさい！」

リルリの言う通り、今は口調なんざどうでもいい。ったく、わけ分かんねぇぞ！

「いいから説明しろ！」

怒鳴った俺にリルリは軽く舌打ちをし、改めて周囲を見回した。

そして他に誰もいないことを確認して、深く深く、これでもかってくらい大きくため息をついた。

……これ、俺にため息ついてるんじゃねぇよな？

あわあわしているグス公をリルリはちらりと睨んだ後、俺を見て話し始めた。

「零、お前には国家転覆《てんぷく》罪の容疑《ようぎ》がかかっている」

「はぁ？　……は⁉　ちょっと待て！　俺は別に何もしてねぇだろうが！」

「グレイス様を誘拐したということになっているんだ！　懸賞金が賭《か》けられるのも時間の問題だろう。アマリス様が自分で捕まえるって言ったから、まだ賭けられていないだけだ！」

国家転覆罪？　グス公を誘拐？　え？　俺は今犯罪者ってことか？　なんで？

……いや、落ち着け。俺はグス公を誘拐なんてしてねぇ。なら、説明すりゃいいじゃねぇか。

そもそも俺は一人で出て行ったのに、どうやって城にいたはずのグス公を誘拐するんだ。

「戻るぞ。アマ公に説明すりゃ済みそうだ」

「済まないからこうなっているんだ！　馬鹿野郎！」

「なっ、てめぇは何言ってんだ！　俺はグス公を誘拐なんてしてねぇだろうが！」

「あの、零さん」

俺とリルリの言い合いに、グス公がしょんぼりとした顔をして割って入った。

そうだ、こいつも一体どういうつもりだ。こいつが誘拐なんてされてねぇって言えば、それで解決だろうが。

「私からちゃんと説明します。まず、雫さんに精霊が見えるということが王国にバレています。それに伴《ともな》い、王国は雫さんを利用するつもりでした。ただし、これを知っているのは極《ごく》一部です。お姉さまは、たぶん何も知らずに捕まえに来ているはずです」

「お前を王都から逃がした後、僕がその情報を掴《つか》んでグレイス様に伝えたんだ。そうしたらグレイス様は一人で城を飛び出しちゃったんだよ！」

「……待て。なんで俺に精霊が見えるってバレたんだ？　それに利用ってのはどういうことだ？」

俺はイライラしながらも、なんとか自分を落ち着かせて聞いた。

リルリがグス公を見ると、グス公は頷いた。どうやらリルリに説明を任せるようだ。

「まず、バレた理由は分からない。だが、利用する目的はかなりよくないことのはずだ。相手は王都に潜《ひそ》んでいた精霊解放軍だからな」

「精霊解放軍？　どうしてそいつらが騎士団を動かせるんだ？」

「……国の上層部に潜《ひそ》んでいたからだ。そして、騎士団を動かせるだけの力を持っていた」

騎士団を動かせる力を持つ？　ってなると、陛下《おっさん》か？　……いや、たぶん違《ちげ》ぇ。何か違和感がある。

一体誰がそんなことを……？

俺がリルリの答えを待っていると、先に口を開いたのはグス公だった。

「零さんを捕まえようとしているのは、騎士団長のゴムラス。そして大臣です」

「なっ……」

グス公の言葉に、俺は戸惑《とまど》いを隠せなかった。

一度や二度しか会ってないあいつらが？　どうして精霊が見えるって分かった？　俺を利用して何をするつもりだ？　……考えても、当然答えは出ねぇ。

俺の頭の中は、ぐちゃぐちゃなままだった。

第七話　おぉ、これいいじゃねぇか

馬車の中では全員が沈黙している。俺も眉間《みけん》を親指でぐりぐりしながら、考えを少しでも纏《まと》めようとしていた。

多少の落ち着きを取り戻した俺は、顔を上げて二人へ話しかける。聞かないと分からないことが多すぎるからな。

「……事情は分かった。グス公は俺を助けるために追いかけてきた。リルリはグス公の力になるためにきた。そういうことだな。面倒かけて悪かった」

「すみません。初めに事情を説明するべきだったのですが、まさか犯罪者に仕立て上げられてるとは思わなくて……」

グス公はしょんぼりして俯《うつむ》いた。

「いや、気にすんな。悪いのはお前じゃねぇ。あいつらだ」

「とりあえず、これからどうするんだ？　零」

どうするって言ってもな。城に戻ったら捕まるだけだろ。なら、グス公とリルリだけ戻すか？　こいつらは戻ってもたぶん大丈夫だろう。その精霊解放軍の奴らは、俺を捕まえるのが目的なんだからな。

……どちらにしろ、アマ公の力がいるな。あいつは馬鹿だが、実力とグス公を守りたいって気持ちは確かだ。何かあったときのことを考えれば、アマ公にこの二人を預けるべきだろ。

「よし、お前らはアマ公に合流して事情を話せ。信用されなくても、絶対にあいつの側《そば》を離れるな」

「駄目です！　零さんはどうするんですか！」

「グレイス様の言う通りだ。僕たちがなんのために来たと思ってる」

俺の提案を、二人は即却下《きやつか》した。なんなんだ、こいつらは。ちょっと嬉しくて視界が滲《にじ》んだじゃねぇか。

……だが、駄目だ。危険すぎる。こいつらまで巻き込むわけにはいかねぇ。

精霊解放軍が、俺をどうするつもりかってのが鍵《かぎ》だな。つっても、のこのこと近づいて聞くのは駄目だ。捕まっちまうのがオチだろう。

俺が頭を抱えていると、チビ共が俺の服の裾《すそ》を遠慮がちに引っ張った。何かあったのかと思って見ると、フュー火山の方向を指差していた。

あそこに行けってことか？……なら決まりだな。チビ共の言うことに間違いはねぇ。

「決めた、俺はフュー火山に向かう。あそこは基本立ち入り禁止なんだろ？なら、俺がいるとは思わねぇだろうから、追って来ないかもしれねぇ」

「馬鹿！あそこがなんで立ち入り禁止なのか分かってるのか？危険だからだ！もっと頭を使えボケナス！グレイス様、今はとりあえずこのまま逃げるほうがいいんじゃないか？」

「えっとリルリのその口調は……まぁいいか。そうですね、とりあえず危険を回避《かいひ》するほうがいいかと思います」

「駄目だ。相手のほうが数が多い。追いつかれて、捕まっちまう」

「だからって、フュー火山に行ったら何かが変わるっていうのか！」

「変わるはずだ。あそこには火の大精霊がいるからな」

リルリはきょとんとした。大精霊を知らねぇから当然だな。

そして話を聞いていたグス公は悩んでいる。火の大精霊に会えたところで、何も変わらないって思っているんだろう。

……だが、何かあるはずだ。チビ共が言うんだから、間違いねぇ。

無理矢理馬車を止めさせて、俺は一人馬車を降りた。

「とりあえずお前らのお蔭《かげ》で助かった。ここで解散だ。お前らも気をつけて帰れよ」

「零さん！　行ったたって何も変わりは……」

「する。信じてくれ」

俺は二人をしっかりと見据《みす》えた。

大丈夫だ、俺に任せておけ。俺を信じられなくても、チビ共を信じろ。そういう気持ちを視線にこめる。

だが、二人は俺と目が合った後に……顔を逸《そ》らした。

「いや、怖いから僕を見ないでくれるか？」

「その、慣れてきてはいるんですが……。直視するのはちょっと」

「お前ら本当にうぜぇな！」

ったくよぉ、それどころじゃねぇってのに、こんなやり取りまで楽しく感じちまう。俺たちには笑《え》みが零《こぼ》れていた。だけどまぁ、それもここまでだ。

俺は二人に背を向け、フュー火山に向かって歩き始めた。

「グレイス様、これはもう仕方ないんじゃないか？」

「はぁ……そうですね。諦めましょうか」

何か後ろで二人がごちゃごちゃ言ってるが、大したことじゃねぇだろう。

しばらくそのまま歩いていたんだが、後ろからカラカラと音が聞こえてくるのが気になった。振り向くと、馬車が俺の後ろをついてきている。何してんだこいつら？

馬車がいたら、すぐに見つかっちまうんだが……。

「おい、目立つからさっさとあっちに行け」

「そう思うなら、早く馬車に乗れよボケナス」

「そうですよ、馬車の中のほうが少し涼しいですよ」

「まさかついてくるつもりか⁉　危険だって言ってんだろうが！」

グス公は優しく笑い、リルリは鼻で笑っていた。

なんだこいつらは……特にリルリは喧嘩売ってんのか？

「なんで私たちがついて行くのか、分かりませんか？」

「さっぱり分からねぇ。正直、暑さで頭がおかしくなったと思ってる」

「信じているからですよ」

「信じているからだろ」

俺は、立ち止まってアホみたいに口を開いて二人を見ていた。

なぜか二人はニヤニヤと笑っている。俺の唖然《あぜん》とした表情がよっぽど面白かったらしい。

……ったくよぉ、こいつらは本当に馬鹿だな。

俺はにやりと笑い、リルリに声をかけた。

「おう、御者さんよ、ちょっと運んで欲しいんですが」

「はいはい、ボケナスさんどこまで行きますか」

「じゃぁちょっくら、フュー火山まで頼まぁ」

「了解しましたよ」

「さぁ、行きましょう！」

リルリは馬車の速度を上げた。向かう先はフュー火山。馬鹿三人の逃避行ってとこだな。

――馬車が進むにつれ、気温が上がっていることが分かる。

そして、道が途切れた。フュー火山の麓《ふもと》でな。リルリは馬車を岩陰に運び、少しでも熱を防げるようにしていた。

さらにそこに氷の魔法をガンガン撃ち込んでいる。でっかい氷柱がたくさんできて、これなら馬も涼しそうだ。

リルリは馬を撫《な》でながら言う。

「いいか、手綱《たづな》は外しておく。限界だと思ったらここから離れるんだ」

「お前って馬には優しいんだな。俺にもよぉ、もう少し優しくしたらどうだ？」

「死ね」

くそがっ。……いや、別に優しくして欲しかったわけじゃねぇぞ？　だが、その口調とかよぉ……。まぁいいか。これもこいつの味ってもんだ。

俺たち三人は馬に別れを告げ、火山を登り始めた。

もちろん、はっきりした道なんてものはない。岩場の中にある、比較的歩きやすそうなところを選んで進んでる感じだ。

「それにしても、どんどん暑くなるな」

「火山を歩いてるんだから当然だろ。まぁ僕は平気だ。属性には優位性の法則があって、水は火に強いからな」

「だからお前は、平然とした顔で歩いてるのか……」

リルリの近くには氷の結晶のようなものが飛んでいて、見るからに涼しそうだ。クーラーみてぇなもんか？　俺も恩恵《おんけい》にあずかろうと、リルリに近づく。

「おぉ、これいいじゃねぇか」

「ちょ、近いぞ！　離れろ！」

「なに照れてんだ。俺のために頑張れ」

俺がリルリに近づいてありがたがっていると、グス公から冷たい視線が飛んできた。同じ属性で暑さに強いとはいえ、やっぱり涼みてぇんだろうな。

「おい、グス公もこっちこいよ」

「え？　いえ、そういうことではなくて……。あ、涼しいですね」

「グレイス様はいいが、ボケナスは僕から離れろ！」

結局、俺だけリルリから離された。グス公とリルリは快適そうな顔をしてやがる。正直、羨《うらや》ましい。

はぁ……暑《あち》ぃ。

「で、零さん。どっちに向かうんですか？」

「あぁ？　そうだな。とりあえず山頂じゃねぇか？」

俺の言葉に二人は、うげぇという顔をした。そりゃもっと暑くなるってことだからな。気持ちは分かる。でも、俺と違って涼みながら歩いてるんだから、いいだろうが。

山を途中まで登ったところで、俺のことをチビ共が引っ張った。

「あぁ？　どうした？」

……どうやら山頂じゃなく、こっちに行けと言ってるみてぇだ。指差しながら、しきりに裾《すそ》を引っ張っている。

でも、そっちには何もねぇぞ？　……そう思いつつも、俺はチビ共の指示に従うんだけどな。

「おい、お前らこっちだ」

「はい？　零さん、そっちはただの岩場ですよ？」

「僕が悪かった。ほら、氷をやるから少し頭を冷やせ」

「いいから来いって言ってんだろうが！」

俺の言葉に、二人は嫌そうについてきた。

さっきは俺のことを信じてるって言ってたよな⁉　こいつらは本当になんなんだよ。

……まぁ文句を言っても仕方ねぇ。俺たちは協力して岩場を登ることにした。

普通なら進むことすら面倒だが、リルリが氷で足場を整えてくれるお蔭《かげ》でなんとか進めていた。こいつ便利だなぁ。滑《すべ》らないように気をつけるのが大変だけどな。

「で、こっちに何があるんですか？」

「知らねぇ」

「精霊が何か言っていたのか？」

「よく分かったな。そんな感じだ」

「わ、私だってそうじゃないかなって思っていました！」

いや、別に競う必要はねぇだろう。グス公は、たまにアマ公やリルリには負けていないみたいにアピールしたがる。

まぁ認められるための努力ってやつを欠かしてねぇんだろうな。すげぇ奴だ。

俺が素直に感心していると、チビ共が足にしがみついてきた。

っと、ここか？

チビ共が指差している場所は、何もない岩場だ。

「ここみてぇだぞ」

「僕には何もないように見えるんだが……」

「奇遇《きぐう》だな、俺もそうだ」

「でも、ここに案内されたんですよね？　探してみましょうか！」

前向きなグス公に促《うなが》され、俺たち三人がチビ共に指差された辺りの岩場へ行ったとき
だ——突然、地震が起きた。

……違《ちげ》ぇ。足場が揺《ゆ》れている。いや、崩れてんのか⁉

「やべぇ！　逃げろお前ら！」

だが、直後に想像以上にでかい穴が足元に空《あ》く。

俺たちはどうすることもできず、ただ落ちていくだけだった。

第八話　ド、ドラゴンか？

くっ。体が痛《いて》ぇ。

何かが体の上で蠢《うごめ》いているのが分かる。虫か？　こんなことが前にも……。

俺は跳ね上がるように体を起こした。

「チビ共！」

俺の体の周りで動いていたのは、この世界で初めて目覚《めざ》めたときと同じく、チビ共だった。なんか申し訳なさそうに頭を下げている。もしかして、穴に落ちたことに責任を感じてるのか？　そんなことを気にする必要はねぇ。俺はそういう気持ちを込めて、チビの頭を撫《な》でた。

「気にすんな。不注意だった俺が悪い。それより二人はどうした？」

チビ共が指差している方を見ると、グス公とリルリが倒れていた。

近づいてみて気づいたんだが、チビ共が治療をしてくれたようだ。二人は怪我もなく……いや、違《ちげ》えな。

服のところどころが裂《さ》け、血の跡《あと》もある。チビ共が治療をしてくれなかったら、本当に危なかったのかもしれねぇ。

自分の体も確認してみるが、やっぱり同じような感じだった。

俺は落ちてきた穴を見上げてみる。光が見えるのは、結構上の方だ。よく生きてたもんだな。

とりあえず二人に声をかけて起こすことにした。起きないようなら、当分待ちだな。

「おい、グス公、リルリ。大丈夫か？」

俺が軽く肩を揺すると、二人が少し動いた。よかった、気を失ってただけみてぇだ。

そして、すぐにリルリが頭を押さえながら起き上がった。

「うっ……ここは？　そうだ、グレイス様⁉」

「大丈夫だ、安心しろ。……どうやら俺たちはあそこから落ちたみてぇだな」

「あそこから……。よく無事だったな」

リルリに本当に怪我がないかよくよく見てみると、服の胸の部分が裂けていて、水色の下着がのぞいてることに気づいた。

俺は視線を逸《そ》らし、鎧の上から羽織っていたマントをリルリに投げつける。

「見えてるぞ。隠しておけ」

「なっ……。まぁ、それどころじゃないか。とりあえずグレイス様を起こさないとな」

「もう起きていますよ」

グス公はなぜか倒れたままの状態で、じとーっと俺とリルリを見ていた。起きてたんなら普通に声をかければいいだろうに、こいつは何を考えてんだ？　……だが、無事みてぇだしいいか。

「よし、体は二人とも大丈夫か？　怪我とかはどうだ？」

「僕は大丈夫だ。グレイス様、お怪我は？」

「大丈夫で……あぁ！　駄目かもしれないです！　すごく痛いです！　零さん撫《な》でてください！」

「なっ⁉　どこが痛《いて》えんだ！　見せてみろ！　チビ共、薬はあるか？」

「いえ、あの……」

「グレイス様、今すぐに薬を用意する！　痛むかい⁉　氷で冷やしたほうが！」

「あの……ごめんなさい。大丈夫でした」

「馬鹿野郎！　無理すんな！　あんなとこから落ちたんだぞ！」

「いえ！　本当に大丈夫でした！　申し訳ありませんでした！」

グス公はいきなり土下座した。いや、土下座とかじゃなくて怪我の治療が先だろ！

俺とリルリはグス公が頭でも打ったのだろうと、全身を念入りに調べた。チビ共も慌ててグス公の体を隅々《すみずみ》までチェックしている。

……だが、とりあえず俺たちの素人目《しろうとめ》には怪我があるようには見えなかった。病院に行かないとまずいかもしれねぇな。

「大丈夫です！　本当に大丈夫です！　あの、えっと、そう！　ちょっと起き上がるときに石が引っかかって痛かっただけでした！」

「いや、でも何かあったらな……」

「零の言う通りだ。今すぐ治療院へ行かないと」

「本当に大丈夫ですから‼」

俺とリルリはグス公に押し切られ、しょうがなく諦めた。ここまで言うんだから、たぶん大丈夫なんだろう。

だが、万一何かあったらまずい。グス公のことは注意しておこう。

そう思ってグス公を見ると「私の馬鹿馬鹿」と、よく分からないことを言っていた。本当に頭でも打ったんじゃねぇか？

とりあえず俺たち三人は、チビ共の治療のお蔭《かげ》で無事らしい。グス公は少し怪しいが。

……さて、問題は、だ。ここがどこかってことだ。

たぶん、火山の中のどっかに落ちたんだと思う。それと、ここは行き止まりってわけでもなさそうだ。少し先から、何か赤みがかった光が見える。

光の方からは、こう、なんだ？　音？　気配《けはい》？　よく分からねぇが、何かがいるのがはっきりと分かった。

「おい、とりあえずあっちに行くぞ」

「他に道もないみたいですからね」

「落ちて来た穴を登るのも大変そうだしな。ところで、向こうで何かが光ってるように見えないか？」

二人も光の存在には気づいていたらしい。

俺たちは顔を見合わせた後、恐る恐る赤い光の方に進んだ。

徐々に道が開けてきて、その先で光っていたのは溶岩だった。まだ距離があるとはいえ、物凄い熱気が流れてきている。

俺たちが落ちた場所はこんなに暑くなかった。空気の流れとかがよかったのか？

それにしても溶岩なんてテレビで見たことはあっても、直接見るのは初めてだった。なんか少しだけテンションが上がるな。

一人状況を楽しんでいると、リルリが足を止めて振り向いた。

「溶岩か。どうする？　とりあえず、この辺りを探索して上に登れるところを……」

「いや、たぶんここだ」

「え？　ちょっと零さん？」

さっきよりもはっきりと分かる。ここにいる。間違いねぇ。

俺は確信を持ち、溶岩に向けて叫んだ。

「おい！　出てこいよ！　いるんだろ、火の大精霊とかってやつがよぉ！」

俺の声が、洞窟内に響く。しかし……何も出て来なかった。

さっきまで神妙《しんみょう》な顔をしていた二人が、後ろで声を押し殺して笑ってやがる。

「で、出てこいって。何も出てこないし……ぷふっ」

「火の大精霊とかってやつがよぉ！　だって、ふふふ」

「うるせぇ‼」

くそっ！　顔が熱い。これは熱気のせいじゃなく、恥ずかしくてだ。顔が真っ赤になってるのが分かる。とりあえず絶対に後ろを振り向かねぇからな！

だがそこで、地面がまた揺れ出した。

「なっ。また落ちんのか⁉」

「いえ、そういう感じじゃないです。何かが動いているような……」

水が湧き上がってくるような音がした。俺たちはその音が聞こえてきた方を見る。

だが、湧いてきたのは水じゃなかった。ここには水なんてねぇからな。さっきの音は、

……溶岩が噴き上がってきた音だ。

そして溶岩の中から、何かでかいのが出てきた。俺でも知っている、こいつは……。

赤黒い鱗《うろこ》に、全てを切り裂けそうな爪、トカゲのような体、そして爬虫類《はちゅうるい》の冷たい目。

「ド、ドラゴンか？」

「零さん逃げましょう！　あぁ、でもどこに⁉」

グス公は完全にテンパっていた。そしてリルリは動揺を抑えながらも、グス公を守るように前へ出る。

くそっ。どうする？　どこか逃げるところは……。

いや、なんで逃げるんだ？　そうだ、まだ何かされたわけじゃねぇ。とりあえずは話し合ってみるべきだろ。

「お前ら落ち着け。……よし。おい！　俺たちは火の大精霊に会いにきた！　お前がそうか？」

『人間如《ごと》きが、我が領土を侵《おか》すか。その罪、命で償《つぐな》うがよい！』

「いや、俺らは話を……」

あ、だめだなこれ。ドラゴンの口から物凄い炎が溢《あふ》れてやがる。あんなの食らったら、骨も残らねぇぞ！

後ろにいるグス公たちへ振り返って叫ぶ。

「逃げるぞ！」

「無理です！　もう来ています！　リルリ！　相殺《そうさい》します！」

「任せてくれ！」

俺が慌ててドラゴンの方を見ると、すでに炎は俺に向かって吐き出されていた。それを防ごうと、グス公の炎とリルリの氷がドラゴンに向かって飛ぶ。

三つの魔法がぶつかり合い――弾《はじ》けた。

その衝撃で、俺たちは吹き飛ばされる。

くそっ。戦う気はねぇって言ってんのによぉ！　やるしかねぇのか!?

散り散りに吹き飛ばされた俺たちは、お互いがなんとか無事なことを確認する。上手く相殺できたとは言えねぇが、死ななかっただけマシだ。

そこでドラゴンの口から二発目の炎が吐き出された。

おいおい！　連射できんのかよ！　ずるくねぇか⁉

その炎が向かう先は、グス公だった。グス公はまだ立ち上がったばかりで、炎に気づいてねぇ。

……やべぇ！

リルリも慌てて向かってきたが、遠すぎる。俺のほうが近い、なんとか間に合うか⁉

あの時のリザードマンみたいな、可愛い炎じゃない。あんなの食らったら、炎属性に強いグス公だって耐えられるわけがねぇ。

「え……」

自分に向かって来ている炎に気づいたグス公は、呆然と立ち尽くして炎を見ている。さっき吹き飛ばされた衝撃で、まだ頭が回ってねぇんだろう。

届け……届け……届け！

全力で走り続ける。ちっ、グス公を突き飛ばしても助かるような炎の範囲じゃねぇな。

だが、どうにかグス公だけでも……。

全力で走って炎の前に飛び込んだ。間一髪《かんいっぱつ》で間に合った俺は、グス公を庇《かば》って抱きしめる。

「零！　グレイス様！」

リルリの声が聞こえる。俺はグス公を強く強く抱きしめながら、迫《せま》りくる炎に身構えた。

第九話　頼む、力を貸してくれ

視界を埋め尽くした炎が消える。俺とグス公は……無傷だった。

「え？　ええ？　零さん何かしたんですか？」

「いや、何かできるとしたらお前だろ。どういうことだこれは……」

っとやべぇ！　次の攻撃が来るかもしれねぇ！

俺は慌ててグス公を突き飛ばし、ドラゴンに向き直った。「きゃんっ」とか声を上げていたが、気にしている暇はねぇ。

……だが、ドラゴンの動きは止まっていた。そして怪訝《けげん》そうに俺たちを……いや、俺を見ている。

『何故《なぜ》だ。我と契約しているにもかかわらず、何故力《なにゆえ》を貸さなかった火の精霊たちよ！そして、何故《なぜ》お前たちはその男を守っている！』

ドラゴンの言葉で俺は気づいた。俺とグス公の周りを、チビ共が囲っていたことに。チビ共は両手を突き出して、まるで炎を防いでいたかのような格好をしていた。

……間違いねぇ。俺は、チビ共に守られたんだ。

『答えろ精霊たちよ！　何故《なにゆえ》人間に力を貸した！』

「そこまでだ、火の竜よ」

ドラゴンの遥《はる》か上から声が聞こえた。その声に、俺たちは慌てて洞窟の天井を見上げる。

そこにいたのは炎よりも眩《まばゆ》く輝く、神々《こうごう》しい紅蓮《ぐれん》の鎧を着た人物だった。

『火の大精霊だと……？　どういうことだ、何故《なぜ》このような人間を……』

火の大精霊と呼ばれた人物は、ゆっくりと俺に指を向けた。やっぱり俺に何かあるって

のか？

ドラゴンも火の大精霊の言葉は無視できないらしく、攻撃を止めている。

「よく見ろ。お前にはあれがどう見える？」

『何を言っている……む？　まさか、あの男は……。そういうこと、か』

「分かったようだな。ならば、ここは私に任せてもらいたい。すまないな、火の竜よ」

『ふん、致《いた》し方《かた》あるまい。我は場違いだったということだ』

それだけ言うと、ドラゴンはまた溶岩の中へと戻って行った。口調とか、なんかアマ公

みてぇなドラゴンだったな……。

そして火の大精霊はドラゴンが立ち去るのを見届けた後に、俺たちの前へと降り立った。

「よく来たな、零よ」

「……てめぇも俺のことを知ってるのか。だが、とりあえず礼を言っておくぜ、助かった」

「礼などいらない。お前を助けたのは精霊たちだ」

「ちっ。それでもドラゴンを引かせたのはてめぇだろうが」

火の大精霊は気にしていないようだった。そのまま話し出すと思っていたのだが、動かず何も言おうとしない。……俺から話すのを待ってるんだろう。そんな気がした。

「悪《わり》ぃな、ちっと待ってくれるか。おいグス公、リルリ！　大丈夫か？」

火の大精霊に断《ことわ》りを入れてから振り向くと、グス公たちはボケっとした顔をしていた。開いた口を塞《ふさ》ぐことも、手で隠すこともしねぇ。本当にマヌケな面《つら》だ。

「火の大精霊……？　え？　私にも見えていますよ？」

「大精霊の姿は、精霊と違い普通の人間にも見える」

へぇー、そうなのか。チビ共は姿が見えていると変なのが寄って来て大変だから、基本的には隠してるってことか。チビ共が悪いわけじゃねぇのにな。

大精霊のこの格好なら、人間に見つかっても利用されたりはしねぇんだろう。そもそも大精霊だって言われなきゃ分かんねぇし、土の奴は変質者だったし。

リルリは目をぱちくりさせながら、火の大精霊と俺を交互に見ていた。どうしたんだ、こいつ？

「まさか、本当にいたのか……」

「おい、お前ら信じてなかったのか!?」

二人は俺から目を逸《そ》らした。あぁそうだろうな、信じてなかったんだろうな！　くそが！

とりあえずグス公たちは無事みてぇだからいい。なら今俺がしないといけないことは、一つだ。俺は改めて火の大精霊に向き直った。

「待たせたな。聞きたいことがある」

「よかろう。聞くがいい」

「おう、それじゃぁまずは……黒い石についてだ」

「黒い石とは何か。見れば分かるだろう」

「あぁ？　分からねぇから聞いてんだろうが」

だが火の大精霊は答える代わりに、スッと指を差した。その先にいたのは、グス公？　……いや、違う。チビ共か？　チビ共がなんだって……。その時、チビ共の一体が光を放ち始めた。

「お、おい！　てめぇ何をしやがった！」

「よく見ていろ。そうすれば分かる」

「何を……」

光を放っていたチビは俺ににっこりと笑い、手を振る。

おい、なんだよその別れの挨拶《あいさつ》みてぇのは？

胸がざわめき、俺はチビのもとへ駆け寄ろうとした。だが間に合うことはなく、光は消え、カランと小さな音がする。

そこに落ちていたのは――黒い石だった。

は？　どういうことだ？　チビが光ったら黒い石が？

「黒い石とは、力を使い果たし、眠りについた精霊だ。精霊は魔力でできている。だが、精霊は自分から魔力を放出してはいけない。しかしお前を守るために無理に魔力を放出し、力を使い果たした。そのせいで、一気に黒い石へと変化したのだ」

「なっ……」

「零よ、精霊解放軍の目的はなんだ？」

「今、それは関係ねぇだろうが！　黒い石の話だ！」

「答えろ」

なんだこいつは、チビが黒い石になっちまったんだぞ？　それなのに、なんで精霊解放軍の話が出てくるんだ！

……だが火の大精霊は俺を見たまま、何も言わない。俺の答えを待っているんだ。

「くそが！　精霊解放軍の目的は精霊の解放だ！　そのまんまだろうが！」

「なら、なぜ精霊を解放しようとしている」

「あぁ？　精霊を自由にするためだろ？」

「なぜ、自由にしようとしているのだ」

「それ、は……分からねぇ」

　俺は言葉に詰まった。

　チビ共は十分自由だ……と思う。人間と契約してる精霊の中には不自由な奴もいるかもしれねぇが、そもそも人間が精霊と契約できるかどうかは精霊の気分次第だからな。

　だめだ、分からねぇ……。

　悩んでいると、火の大精霊は俺の答えを待つこともなく、口を開いた。

「西に風の大精霊がいる。会うのだ、零よ。そして自分が何者かを知れ。全ての大精霊に会い、決断しろ。刻一刻《こくいっこく》とその時は迫っているぞ」

　火の大精霊は、俺の鉄パイプを指差した。その指先に赤い光が灯《とも》り、それが鉄パイプの空《あ》いている穴に向かってレーザーのように伸びる。

　光が消えた後、鉄パイプの穴には赤い石がはまっていた。茶と、赤。二つの石はキラリと光る。

　ぼんやりと鉄パイプを見ていたのだが、我に返って火の大精霊を見た。すると、火の大精霊は用は済んだとばかりに後ろを向き、体が薄くなっていった。土の大精霊のときと一緒だ。

「おい待て！　まだ聞きたいことが……消えやがった」

俺はただ、火の大精霊が消えたところを睨むことしかできなかった。

強く拳を握り、苛立《いらだ》ちを何かにぶつけたくなる。

そんな俺の手を、グス公が優しく触った。

「あの、零さん……大丈夫ですか？」

「今は一人に……いや、なんでもない。大丈夫だ。チビ共を見てくる」

「はい、行きましょう」

俺はグス公の手を解《ほど》き、チビ共のところに向かった。黒い石の落ちている場所に、だ。

チビ共は黒い石を囲って悲しそうな顔をしていた。初めて黒い石を見たときと少し違う表情だ。

……その理由は、俺にも分かる。

チビ共は、仲間が消えたことを悲しんでいたんだ。

だが、なぜだ？　なんで俺を守ったんだ？

俺は変わり果てたチビの姿を見ているのがつらくて、思わず視線を逸《そ》らした。

……いや、目を背《そむ》けてどうする。こいつは俺のことが好きで、俺を守るために無理をして、眠りについたんだ。

ドラゴンとかいうでっかいトカゲを、どうにかすることもできないくらい俺が弱かったから……。

　俺は優しく、黒い石を拾い上げた。そして前拾った黒い石と一緒の袋へ入れて、礼を言った。

「悪いな。お前のお蔭《かげ》で助かった」

　俺にはこんなことを言うことしかできねぇ。正直つらい。涙が出そうだが、そんなダセェことはきっとこのチビが望んでいない。目に力を入れて、耐えることだけで精一杯だった。

　だがチビ共は違った。俺の言葉が嬉しかったのか、笑ってくれていた。俺なんかより、遥かにこいつらは強《つえ》ぇな。

……そうだ、悲しんでいても駄目だ。これからのために動かないといけねぇ。そのためにチビは、俺を守ってくれたんだ。

　もしかして、チビ共が黒い石になるのを防ぐために、精霊解放軍は動いてるのか？

　土の変質者は、精霊が魔力を生み出している、今は世界の魔力が乱れていると言っていた。

チビ共が黒い石になることと、何か関係があるとしたら……？

　だが、精霊解放軍は黒い石を扱ってるって話だった。黒い石で何かしようとしてるのかもしれないし、やっぱ目的は確かめねぇとな。

　そして、風の大精霊にも会わないといけねぇ。精霊を助けるためには大精霊の力が必要だと、土の変質者は言っていた。

はいかない。……段々と何かが繋《つな》がっていく。どれだけ悲しくても、こんなところで投げ出すわけに

すーっと息を吸い、思い切り自分の頬をガツンと殴りつける。

「ってぇな……」

「ぜ、零さん⁉」

「大丈夫だ」

「いや、口から血が出ているぞ？　強く叩きすぎだ！」

ちっと強く叩いたからなんだ。血が出たからどうした。こんなの、俺を守ってくれたチビに比べたら、全然大したことじゃねぇ！

気合を入れ直した俺は、二人を見た。

「よし、グス公とリルリ！　戻るぞ！」

「待て」

聞き覚えのある声だった。俺はすげぇ嫌な予感がしながら、声のした方へ振り向く。そこにいたのは想像通りの奴だった。

こんなとこまで追いかけてきやがったのか、アマ公……。

「お、お姉さま」

「アマリス様……。グレイス様、下がって」

リルリはグス公の前に出て、アマ公をじっと見た。

だが、アマ公はさっき会ったときとは違って、別に俺たちに襲いかかろうとはしねぇ。

「落ち着け、まず質問がある。先程の話はなんだ？　お前たちは何をやっている？」

どうやら火の大精霊との話を聞かれていたみてぇだ。

だが、いい機会かもしれねぇ。もしかしたらアマ公がこっちについてくれるかもしれねぇからな。

「聞いた通りだ。俺は風の大精霊に会いに行く。グス公とリルリは俺を手伝ってくれていた」

「会ったらどうなる。いや、黒い石が精霊というのは、どういうことだ」

「うるせぇ。もう色々事情が変わってるんだよ。グス公の誘拐とかどうでもいい。それでもやるってんなら、てめぇをぶっ飛ばしてでも俺は行くぞ」

「ぐっ……」

俺は真っ直ぐにアマ公を見た。

ここで引くことはできねぇ。俺は全部知らないといけねぇんだ。チビ共を助けるために、俺を助けてくれたチビの気持ちを無駄にしないためにも。

アマ公は腕を組みながら俺を見ていたが、ぐっと自分の腕を強く握った後、目を逸《そ》らして道を譲《ゆず》った。

俺はグス公とリルリをちらりと見て歩きだす。

「行くぞ二人とも」

「は、はい」

「だけど、アマリス様は……」

二人は戸惑ってるみてぇだが、俺は無視して進み続ける。

「ま、待て」

……ったくよぉ、このクソアマはまだやる気か。もうちょっと物分かりがいいと思っていたんだが、駄目みてぇだ。

仕方ねぇ。本当はやりたくなかったが、ぶっ飛ばすしかねぇか。

俺が決意して鉄パイプを強く握ると、アマ公はおずおずと話し始めた。なんか、申し訳なさそうにだ。

「先程、零には懸賞金が賭けられた。必ず生かしたまま捕らえろということだ。このまま行けば、追手のせいで旅をするどころではないだろう」

「それがどうした。全員ぶっ飛ばしてでも俺は行くって言っただろうが」

「……だ、だからな！　私が一緒ならそれをなんとかできるかもしれないだろう！」

「あぁ？」

「い、いや、だからな……。誘拐云々《うんぬん》だけではないが、今回のことは何かおかしい。グレイスやリルリも、自主的に零についていっていることは分かった。ならば、まずはお前たちに私が協力して事情を調べようとだな……」

「待ってもらえますか？」

だが、そんなアマ公の言葉を遮ったのはグス公だった。はっきり言って、目を見ただけで怒っているのが分かる。リルリも疑念の目をアマ公へ向けていた。

そりゃ、こんな虫のいいことを言われれば、しょうがねぇだろう。

「お姉さま、それを信じろと？」

「うっ……。いや、私は本気でお前たちのことをだな」

「騎士団を動かし、私たちを捕らえようとしたお姉さまが、ですか？」

「……あう」

アマ公は大好きなグス公に厳しい目を向けられ、半泣きになっていた。

……やれやれ仕方ねぇな。

俺はグス公を手で制して下がらせようとした。グス公は不満そうだったが、俺が頷くと黙って下がってくれた。悪《わり》ぃな。

そして俺はアマ公の前に立ち、頭を深々《ふかぶか》と下げた。

「零さん⁉」

「アマ公、お前の力が必要だ。頼む、力を貸してくれ。俺はどうしてもやらないといけねぇ」

「あ、いや、頭を下げなくても私はだな、その……」

「頼む」

「あ、あうあう……。ま、任せておけ！」

「あぁ、助かる」

グス公は驚いた顔で俺を見ていた。そんなに俺が頭を下げたことが不思議か？　……いや、不思議なんだろうな。俺だって驚いてる。

だが、頭の一つや二つ下げてやる。俺はもうチビ共に、あんな悲しい顔をさせるわけにはいかねぇんだ。

そんな風に決意を新たにしていたら、俺の横に来たリルリが肘打《ひじう》ちを入れてきた。

「ぐほっ。て、てめぇ」

「僕はアマリス様を信じてないぞ」

「……あいつは悪い奴じゃねぇ。それに、騎士団長を相手どるならアマ公は絶対に必要だ」

「利用するってのか？」

「捕まってゴリラに利用されるのと、どっちがマシだ？」

あのゴリラっぽい騎士団長の顔を思い浮かべたのか、リルリは「なるほど」と頷き、引き下がった。

そして後ろで、すごい目で姉を見ているグス公を宥《なだ》めていた。

アマ公はグス公をちらちらと見ながら、わずかに震えて怯《おび》えている。

ったく、リルリは本当に気が利《き》く奴だな。

さて、次は風の大精霊か。

……その前に水浴びとかさせてくれねぇかなぁ。下着まで汗でぐっしょりだ。

第十話　お、おぅ？

まず、こっから出ないといけないわけだが。

「おい、アマ公。お前どうやってここに入ってきたんだ？」

「ん？　あぁ、お前たちが落ちた穴に縄梯子《なわばしご》を掛けてある」

なるほどなぁ、そいつは都合がいい。

俺たちが落ちた場所に戻ってみると、確かに縄梯子《なわばしご》が掛《か》かっていた。

さて、それじゃぁ誰から行くか。

三人の顔を見回すと、俺はグス公とリルリにいきなり梯子《はしご》の前に押し出された。

「ん？　どうしたお前ら」

「零さん！　先に上ってください」

「うん。ここは零が先に行って安全を確認しろ」

「いや、別にいいけどよ……」

そもそもアマ公が下《お》りてこられたんだから、問題ねぇだろ。

……って思ったりもしたが、面倒なんで俺はそのまま梯子《はしご》に向かおうとした。

だが、俺らがそんな話をしているうちに、アマ公が先に行っちまった。こいつ、本当に人の話聞かねぇよな。まぁ、別に今回はいいんだけどよ。

縄梯子《なわばしご》を上り始めてすぐ、グス公とリルリが俺に先に行けって言った理由が分かった。

うん、これはいけねぇ。アマ公の白い下着がちらちらと見えている。てか、こいつも気にしろや……。

「零さん、お姉さまの方を見ないでくださいね！」

「最低だな」

「うるせぇ‼　……うるせぇ」

「何を騒いでいるんだ？　気をつけて上れよ」

アマ公は気づいていないのか、さっさと出口まで上りきってしまった。不可抗力ってやつだが、俺は少しだけアマ公に対して悪い気持ちになった。

まぁともかく、俺も後ちょっとでここから出られる。で、ちょうど上り切るところだった俺に、上から手を差し出してきた奴がいた。

アマ公か？　俺は特に疑うこともなく、その手を掴《つか》んだ。

「よっと、悪《わり》ぃな」

「いえいえ、お気になさらず」

あぁ？　……騎士団の奴じゃねぇか！

俺は慌てて鉄パイプを構えた。騎士団の鎧を着た奴が五人、穴の周りを囲んでやがる。

くそっ、油断してた。アマ公に謀《はか》られたか！

……だが、そんな俺を制したのはアマ公だった。

「落ち着け。さっきも言っただろう。敵対するつもりはない」

「……なら、なんでこいつらがここにいるんだ」

「あのなぁ……私が一人でここに来るわけがないだろう！　町でも騎士団を連れていたのは見ていたよな？」

あぁ、そういや確かに言われてみればそうだった。だが、こいつらは信用できるのか？

俺はグス公とリルリを穴から引っ張り上げつつも、警戒を緩めなかった。

いざとなったら、すぐにずらからねぇとな。

「さて、お前たちに命ずる。私はこいつらについて行くことにした。お前たちは王国に戻り、父上を守れ。いいか、他の誰の命令も聞くな。たとえ父上の命令であってもだ！」

「「はっ！」」

おぉ、なんだこりゃ。ちゃんと統率がとれてるっつぅか、なんつぅかな。アマ公は本当に偉い奴だったんだな……。

しっかりと子分たちが言うことを聞いてるのを見て、正直驚いちまった。

「副団長！　何人かこちらにも残したほうがよいのではないかと、進言をさせていただきたく思います！」

「うん、それも考えたんだがな。少数のほうが動きやすいという利点がある。それに、私がいればこちらはなんとかなるはずだ。お前たちは父上を頼む」

「承知いたしました！」

おいおい、このアマ公は偽者《にせもの》だろ。だってこいつは脳筋で、命令とか指示とかには向いてないタイプだろ？　いや、でもこれが体育会系のノリってやつか？　そもそも、この騎士の奴らは信用できるのか？

悩んでいると、騎士の一人がアマ公に話しかけた。なんだ？

「それにしても副団長、よかったですね」

「ん？　何がだ？」

「いやだって、城では大暴れだったじゃないですか。零はそんなことしない！　グレイス様だって何か理由があったはずだ！　私が捕まえてきて事情を説明させる！　それでいいな！　って」

「な……。ま、待て！　そのことはだな！」

「その後も信用できる自分たちだけを引き連れて、すぐに動き出しました。何かあったときのために、自分が守らないとって必死でしたもんね。本当に皆さん無事でよかったです」

「いや、だからな⁉　ちょっと待て！」

「そうですよね、副団長がいれば便宜《べんぎ》を図《はか》ってあげることもできますしね。今回のことは非常にきな臭いですが、これで一安心です！」

「あ……あうあうあうあう」

おぉ、おぉ？　なんか、こいつらいい奴みてぇだ。ついでにアマ公も、実はちゃんと考えてくれてたんだな。

その騎士は俺の方に来て肩を軽く叩く。そして、耳元で囁《ささや》いた。

「ってことで、副団長のことをお願いしますね。自分たちアマリスファンクラブ一同は、精一杯国王陛下を守りますんで！」

「ファ、ファンクラブ？」

「そうです！　アマリス様に罵《ののし》られたい！　そして、アマリス様の猪突猛進《ちょとつもうしん》を全力でサポートしたい！　それが我々の仕事です！」

「お、おう？」

「まぁ本当は一緒に行動したいんですがね、今は事態が非常に良くないです。だから我々は城に戻ります。陛下が混乱を収めてくださるまで、できるだけ戻らないほうがいいと思いますよ」

こいつら……いい奴らじゃねぇか！　アマ公のことも良く分かってるみてぇだしな。苦労してんだろう。

俺はそいつらと意気投合し、一緒に山を下った。アマ公にまつわる苦労話を聞いて同情したら、ファンクラブへの入会を勧められた。もちろん、断った。

フュー火山を下りて、騎士団の奴らは城に向かう準備をし、俺たちも最低限の支度《したく》を整えた。

あぁそうだ。こいつら、あれ持ってねぇかな。

「なぁ、鉈《なた》とか持ってねぇか？」

「鉈《なた》ですか？　ありますが……。森にでも入るのですか？」

「あぁ、一応持っておきたくてな」

「分かりました、今用意します」

おぉ、聞いてみるもんだな。買う手間が省《はぶ》けたってもんだ。

そしてアマ公の騎士が持ってきたのは、両手一杯に抱えた刃物だった。騎士は、それらを地面へ丁寧《ていねい》に並べ始める。おい、多くねぇか？

「いや、俺は鉈《なた》一本あればいいんだが……」

「用途はなんですかね？　草木だけならいいですが、戦闘もするんでしたら、こちらの山《やま》刀《がたな》や湾刀《わんとう》も悪くないと思いますよ？　特にこれはですね、ブーメランみたいな特殊な形状のやつでしてね！」

あぁ、なるほどな。うちの田舎のジジイとそっくりな目をしてやがる。たぶんこいつも田舎出身だな。間違いねぇ。

それにしてもすげぇな、刃物が一通りある感じだが……。

俺は一本の鉈《なた》を掴《つか》み取る。刀身が黒くて、ちょっとイカしたやつだ。

おぉ、これはいいな。丈夫そうだし、草木を切るのにちょうどいい。肉とかも捌《さば》けそうだな。

「おう、これ貰《もら》ってもいいか？」

「ええ、もちろんです。お役に立てれば何よりです」

気前のいい奴だ。

俺は礼を言って、鉈《なた》を腰に差した。背には鉄パイプ、腰には石斧と鉈《なた》。ちょっと重い感じもするが、まぁこれなら死霊花《しりょうばな》が襲ってきてもなんとかなりそうだ。

俺の用件が終わるのを見るなり、アマ公は騎士団に指示を出した。

「では、疲れているところ悪いがすぐに戻ってくれ。よろしく頼む」

「はっ、我々は急ぎ城に戻ります。副団長もお気をつけて！」

「うむ。父上を頼むぞ」

そして騎士団は、城へと向かって行った。

いやぁ、ビシッとしててすげぇ奴らだったな。


で、残されたのは俺たち四人とチビ共だ。アマ公はさっき騎士たちに色々バラされたせいで、まだ少し顔を赤らめていたが、それを振り払うように大声で俺たちに言った。

「さて、では我々も向かうとするか！」

「あぁ、そうだな。じゃあ鉱山都市に行くか」

「うむ、西の砂漠に……え？」

俺たちは馬車に乗り込んだ。そういや、俺も御者のやり方とか教わったほうがいいか？

リルリだけに任せるのもあれだしなぁ。

……って、アマ公は何してんだ？　さっさと馬車に乗れってんだ。

「お姉さま？　早く馬車に乗られたほうが……」

「いやいやいやいや！　西に向かうんだよな？」

「僕たちは鉱山都市に一度戻るよ」

「なんでだ⁉」

なるほど。本当に分かってねぇみたいだな。

俺は説明してやろうとしたのだが、さっとグス公が俺の前へ出た。

若干グス公が苛立《いらだ》っている。気持ちは理解できるが、ちょっと怖《こえ》ぇ。

「お姉さまたちが、私たちに襲いかかったからですよ？　私たちはまったく休めていないんです。一度町に戻って、ゆっくり休息を取りたいと思うのはおかしいですか？　お姉さまたちが襲ってこなければ、休めていたんですがね」

「よし！　鉱山都市に戻るぞ！　リルリ早くしろ！」

アマ公は颯爽《さっそう》と馬車に乗り込んだ。グス公に物凄い睨まれている。それにビビってるのか、アマ公は馬車の中でピクリとも動こうとしなかった。蛇に睨まれた蛙《かえる》ってのはこういうのなんだろうなぁ。

俺は居心地の悪いそこから逃げ出し、御者をしているリルリの隣《となり》に座った。

「逃げてきたか」

「まぁな。それにちょっと話もある」

「話？　何かあったのか？」

「いやな、ずっとお前にだけやらせているのもあれだし、俺も馬車を扱えたほうがいいかと思ってな」

ふむ、と言った後にリルリは考え出した。何か問題でもあるのか？　変なことを言ったつもりはなかったんだが……。

「零は馬に乗れるか？」

「いや、乗ったことねぇな」

「そうか。なら、僕が教えるから少しずつ練習していこう。平坦で真っ直ぐな道なら、速度を出さなければすぐに慣れるはずだ」

「おう、頑張ってなんとかすらぁ」

「うん、僕も助かる。さすがに、お二人にやらせるわけにはいかないからな」

そう言うと、リルリは俺に手綱の使い方とか色々と教えてくれた。なかなか難しそうだが、直《じき》に慣れるだろう。……馬を操《あやつ》れるようになったら、格好いいしな。

ちなみにグス公は、後ろで無言のままアマ公のことをずっと睨んでいた。怖《こえ》ぇ……。

第十一話 久々の休憩ってやつだな

外はもう月が見えている。時間は深夜だろう。この町に着いたときが暗くなり始めた頃だったからな。

鉱山都市に到着して早々、アマ公に追われてリルリに助けられ、そのまま火山に入った。

そしてドラゴンと戦って、火の大精霊と話して、町に戻ってきた。

ハードスケジュールすぎるだろ。道理で疲れてるわけだ……。

「とりあえず宿をとるか」

「ですね……リルリ、お願いできますか？」

「分かった」

リルリはグス公の指示に従い、馬車を進ませた。

もう人気《ひとけ》もなく、自分たちだけが物音を立てているようで申し訳ない気持ちになってくる。

だが、宿のある辺りに来るとそんなことはなかった。周囲には居酒屋が多いらしく、あちこちから灯《あか》りが漏《も》れている。見た感じだけでも、結構賑《にぎ》わっていた。

「これなら飯も、そこらで買ってなんとかなりそうだな」

「後で僕が買ってくるよ」

「あぁ、俺もついてく。一人じゃ大変だろうしな」

「あの、零さんは行かないほうが……」

おずおずと、グス公が俺の袖《そで》を引っ張っている。

なんでこいつは止めてんだ？　リルリ一人じゃ大変だろうが。四人＋チビ共の分だぞ？

「いえ、零さんお疲れみたいでして、その……」

「グレイス様、零が来てくれたほうが都合はいいんだよ。鉱山都市は治安がそこまでよくないからね。男手があれば安心ってわけさ」

「あぁ、なるほど。確かに今の零さんがいれば、誰も近づいてきそうにないですね！」

「どうせ俺の目は怖《こえ》ぇからな、くそが」

釈然としねぇが、まぁしょうがない。役に立てるってんならそれでいいだろう。釈然としねぇがな！


とりあえずぐったりしているグス公と、妹のご機嫌取りに必死なアマ公を宿に残して、俺とリルリは夕飯を買いに行くことにした。かなり遅めの夕飯だがな。

ちょっとそこらを歩くだけで分かる。酔っ払いだらけだ。こういうところは結構危ねぇから、気をつけないといけねぇ。

俺はリルリを守るつもりで、しっかりとリルリの後ろについて歩いた。最初は前を歩こうとしたんだが、邪魔《じゃま》だと言われちまったからな……。


「おいおい、メイドさんがこんなとこで……」

リルリに声をかけようとした男は、すぐに目を逸《そ》らしていた。なんか今日はいつもと少し様子が違《ちげ》ぇな。

いつもよりもなんだ、避けられている気がする。俺は周囲を見回すが、目が合う前から誰もこっちを見ようとしねぇ。なんだこりゃ？

「予想通りだな」

「あぁ？　なんでこいつらが目を逸《そ》らしているか分かってんのか？」

「そりゃお前が怖いからだろ」

「いや、いつもとそう変わらねぇと思うんだが……」

「まぁそれでいいさ。宿に戻ったら鏡でも見てみるといい」

　俺が何かに気づいてないことが面白《おもしれ》ぇのか、リルリはくすくすと笑っていた。一体、いつもと何が違うってんだ？


　とりあえず俺とリルリは、そこらの店で適当に食べれるもんを買って宿に帰った。

　部屋に戻ると、グス公とアマ公はすでに部屋着に着替えていた。というか、何かさっぱりした感じがする。髪も少し濡れてねぇか？

「あ、二人ともお帰りなさい」

「おう、何か妙に元気になってねぇか？」

「あぁ、ここらは地熱が高いのでな。天然の岩風呂に入ってさっぱりしてきたところだ」

　俺とリルリが汗だくで飯を買ってるときに、こいつらは……。

　そう思ったが、リルリは平然としていた。こういうとこは流石《さすが》だ。

「じゃぁご飯にしましょうか！　あ、冷たい飲み物を用意しておきましたよ！　後、零さんは汗臭いです！」

「うるせぇ！」

俺たちは腹がすげぇ減っていたこともあり、言葉少なに飯を食っていた。

いや、よく考えたらアマ公は普通に飯を食ってたんじゃねぇのか？　俺らみたいに追いかけられていたわけでもねぇだろ。

だが、そうとは思えない、いい食いっぷりだった。まぁ、飯を食うってのは大事だよな。

「ごちそうさまでした！　もうこのまま寝れそうで、すぅ……」

「本当に寝たね」

ベッドに倒れ込んだグス公を見て、リルリがクスクスと笑った。

「疲れてたんだろ。俺も一風呂浴びて寝るかな」

「グレイスは私が見ておこう。お前たちはゆっくり風呂に入るといい」

そう言うと、アマ公もベッドに倒れ込んだ。なんだかんだで、こいつも疲れてたのかもしれねぇ。俺たちほどじゃねぇけどな！

で、俺とリルリは風呂だ。やっと汗が流せる。

風呂の入口はちゃんと男湯と女湯に分かれていた。まぁ当然だ。

すると、リルリはこっちを見てにやにやと笑った。

「覗《のぞ》くなよ」

「もうちっと大きくなってから出直せ豆粒」

俺はそれだけ言うと、走って男湯へ逃げた。後ろからリルリの怒声が聞こえたが、当然無視だ。

さて、風呂だ風呂。

服を脱いで浴場に行くと、他に誰もいない。そんなに広くはないが、一人なら十分すぎる広さだ。俺は湯で体を何回か流し、しっかりと洗った。

そして風呂だ。やっと入れる。そこで、置いてある鏡を見て気づいた。

疲れ切った俺の目は、かなりやべぇ目つきになっていた。これじゃぁ犯罪者と変わらねぇ。グス公が買い物に行こうとした俺を止めたり、リルリが笑っていたりしたのは、このせいか。くそっ。これからは鏡を持ち歩いて、顔のチェックをしたほうがいいのか？　面倒くせぇな。

……だがまぁいい、今は風呂だ！

俺は意気揚々と、待ちに待った風呂に入った。

「あああああぁぁぁぁ……」

なんで風呂ってやつは、入ると変な声が出るんだろうな？　体に染《し》み渡る感じもたまらねぇ。

「久々の休息ってやつだな。疲れが全身から流れ出ていくみてぇだ」

あぁー、やべぇなこりゃ。正直このまま寝ちまいそうだ。まぁ、寝てもチビ共が起こしてくれると思うがな。

ちなみにチビ共は、楽しそうに風呂で泳いでいる。こいつら風呂の中でも変なの被ってるな。

俺は手近なチビを掴《つか》んでみた。岩みたいな被り物をしたチビは、楽しそうにはしゃいでいる。遊んでいると思ってるのかもしれねぇ。

うーん、この被り物はやっぱ皮膚《ひふ》みてぇに体の一部なのか？　すげぇ不思議だ。

だがまぁ、他の奴には見えねぇんだし問題ねぇだろ。俺はチビ共と一緒に、ゆっくりと風呂を楽しんだ。


「おぉ？」

「ん？」

俺は風呂を出たとこで、リルリと鉢合《はちあ》わせた。なんかこんな昔の歌があった気がする。覚えてねぇけど。

リルリはいつも真っ白な面《つら》してるくせに、今日はほんのり赤い頬になってる。なんか面白《おもしれ》ぇ。

「何じろじろ見ているんだボケナス、訴えるぞ」

「あぁ、悪い悪い。色白のお前に赤みが差してるのが面白くてな」

「それを面白がるのはお前くらいだろ……」

俺とリルリは適当に談笑《だんしょう》しつつ部屋に戻った。いや、主に笑ってたのは俺だけどな。

部屋の扉を開けたら、明かりは点《つ》いていたが静かだった。まぁグス公もアマ公も寝てんだろ。

で、部屋に入ってみると、だ。さっきとは何か様子が違《ちげ》ぇ。

ベッドが四つ横並びなのは変わってねぇんだが、一番端《はし》のベッドの上には荷物が大量に載せられている。で、グス公とアマ公の間のベッドが空《あ》いていた。

なんでこんなことになってるんだ……。

「あぁ、そういうことか。零、寝る場所なんだが……」

「おう、仕方ねぇな。俺はソファで寝るから、リルリがそこ使え」

「え？　いや、そうじゃなくてな」

「じゃぁ俺も寝るぞ。おやすみさんっと」

俺はソファに体を投げ出した。ベッドで寝られないのはあれだが、まぁソファも悪くねぇ。

寝転がりながら荷物を開き、ソファの手前にある机の上に地図を置いて、次の行き先を見た。

西はどうも荒地《あれち》みてぇだな。砂漠っぽい感じか？

だが、その荒地のどこに行けばいいかは、すぐに分かった。

チビ共が指を差したところもそこだったからな。

『風の大神殿』

非常に分かりやすいじゃねぇか。どうせなら、他の奴らも大神殿とか作って引きこもってれば、探す手間が省けるんだがなぁ。

……いや、よく考えたらそんなに探してねぇか。チビ共が案内してくれるしな。

そこで、なぜかおずおずと控《ひか》えめにグス公が起きてきた。なんだ、こいつ起きてたのか？

「あ、あの零さん。ソファで寝たら体が痛くなりますよ？　よかったら私と一緒にですね……」

「グレイス！　何を言っているんだ！　そんなことは許さないぞ。お前と寝かせるくらいなら、零を私の横に転がして見張っておこう！」

「いや、僕がソファでいいから、このベッドに……」

なんだこいつら、いきなりなんなんだ。うるせぇ。部屋が一部屋しか空《あ》いてなかったとか言っていたが、別の宿を探したほうがよかったかもしれねぇな。

俺は無視していたんだが、その間もこいつらはギャーギャーと……。

「あぁうるせぇ！　ベッドで寝りゃいいんだろうが！」

俺は一番端の荷物置き場になっていたベッドの上にある荷物を、全部蹴り落とした。そしてそのベッドにガバッと横になる。

「これでいいだろうが！　荷物は明日俺が片付ければ文句ねぇだろ！　俺は寝る！　おやすみ！」

面倒になった俺は、部屋の灯りを消してベッドに潜り込んだ。これでこいつらも大人しくなるだろ。

……だが、その後は寝る場所についてグス公とアマ公が揉《も》めていた。俺は隣から順番に、リルリ、グス公、アマ公の順で寝るように決めた。ちなみに、うるさかった奴を俺から遠いベッドにした。

その後もぶつぶつと誰かの文句が聞こえてきたが、疲れていたこともあってか、すぐに静かになった。

ったく、疲れてんだからゆっくり寝かせてくれってんだ。

第十二話　てめぇ、風の大精霊か？

朝、俺は暑くて目を覚ました。ついでになんか狭《せま》くて息苦しい。

起き上がって周りを見るとだ。俺の隣、リルリが寝ていたベッドになぜか三人寝ている。

しかも、少し離れていたはずのベッドは、俺の方とぴったりくっつけられていた。

つまり、俺とリルリの二台のベッドに四人寝ているわけだ。この馬鹿姉妹は、本当に何を考えてるんだ……。

俺はとりあえず、苦しそうな顔をしている可哀想《かわいそう》なリルリを持ち上げる。で、グス公が寝ていたベッドに移動させてやった。これで一安心だろ。

カーテンを少し開けて外を覗《のぞ》いてみる。まだ朝早いからか、人通りはほとんどねぇ。

それでも、鉱山で働いているらしい人たちが移動しているのが見えた。こういうとこで働くってのも大変だな。

俺がぼんやりと窓の外を見ていると、リルリが起きた。早いな。

「おう、おはよう」

「……おはよう」

リルリはこっちをちらっと見た後、そっけなく目を逸《そ》らした。何か顔が少し赤かった気がする。

熱でもあるのかと額を触ろうとしたが、思いっきり手を叩かれた。いや、そんなに怒らなくてもいいだろ。

まぁ暑かったし、この二人に纏《まと》わりつかれてたからな。赤くなるのも当然か。

俺とリルリはその後、宿の朝食がどうなってるかを確認してから二人を起こした。

「む？　あれ？　なぜ私はグレイスを抱きしめているんだ？」

「……うへへへ」

アマ公は声をかけたらすぐ起きたんだが、グス公は起きない。いつも通りだ。

だが無理に起こすのも面倒なんで、リルリに任せた。グス公は本当に起きねぇから、できる限り関わりたくねぇんだ。

「グレイス様、グレイス様！　起きてくれ！　ちょ、抱きつかないで！」

「えへへへへ」

グス公は寝ぼけたままリルリに抱きついている。ほのぼのとした状況を、俺は水を飲みながら見ていた。

ようやく目を覚ましたグス公は、不思議そうな顔で俺とリルリを交互に見ている。こいつ、何してんだ？

「……え？　リルリ？」

「あぁ、そうだよ。グレイス様、目が覚めたかい？」

あわあわとしていたグス公は、なぜか動揺していた。「なんで？　リルリ？　え？」とか言っていたが、まぁ目が覚めたならいいか。

着替えとかあるだろうと、俺は部屋を出て三人の準備が終わるのをチビ共と遊んで待つことにした。いつも通りに大量のチビ共は、俺の体に纏《まと》わりついて登ったり下りたりしている。

あれ？　このチビは見たことねぇ気がするなぁ？　まぁ契約しておくか。俺はもう慣れたもんで、頭を撫《な》でて指先を合わせた。よくあることだからなぁ……。

そんなことをしていたら、三人が部屋から出てきた。

「すいません、お待たせしました」

「おう、目は覚めたか」

「はい。ところで零さん、なんで私とお姉さまが一緒に寝ていたんですか？」

「そんなこと知らねぇよ」

グス公は俺を見ながら、首を傾げていた。いや、聞きてぇのは俺のほうだから、俺を見ても分からないと思うぞ。

まぁ特に気にする問題でもねぇだろう。俺らは食堂へ向かい、さっと食事をとる。

部屋に戻った後は一応最低限の礼儀として部屋を片付け、受付で支払いを済ませた。

よし、やることは終わったな。

俺たちは宿を出て馬車へ乗り込んだ。

「次は西にある風の大神殿か。地元の者が手を入れているとはいえ、朽《く》ちた場所だと聞いたことがある。荒地や砂地が多く、あまり人が近づかないところだな」

「なんだアマ公、詳しいじゃねぇか」

「騎士団の任務で大陸を移動することが多いからな。だが、流石《さすが》に近くを通ったことしかないぞ」

まぁそれでも大体の場所が分かるのは助かるな。

俺たちは西に向けて出発した。この暑い土地ともおさらばだ。


休憩を挟みながら日が少し傾く頃まで進んだところで、今日は野営することにした。たった半日ちょい進んだだけなのに大分涼しくなった気がする。

夕食を食べるとき、アマ公の騎士にもらった鉈《なた》で肉を切ったり、野草を切ったりした。切れ味は鋭《するど》いし、悪くねぇ。草木も切れるし、料理もできる。やっぱり鉈《なた》はもらっておいて正解だったな。

夕食を済ませると、辺りはもう薄暗くなっていた。俺はリルリたち――と言っても、使えるのはリルリだけだが――に後を任せて、周囲を探索することにする。

普段ならこんな暗がりで周囲を調べたりはしねぇんだが、なんとなく足が向いた。もちろん、周りに大したもんはねぇ。せいぜい、森ともいえないような木々の群《むら》がりとか、茂《しげ》みとか、それくらいだ。

何やってんだかな。そう思いつつ、俺は皆のところに戻ろうとした。

……だが、物陰《ものかげ》から音が聞こえた。咄嗟《とっさ》に俺は振り向き、鉄パイプを構える。

「ふぇっふぇっふぇ、なんだい、散歩かね」

頭に羽飾りをつけた、物凄《すげ》ぇ怪しい老婆がいた。こんな人もいないところに一人で現れたババァ。怪しさ満点だ。

「おや、どうしたかね？　とりあえずそこの岩にでも座ったらどうだい。少し話でもしようじゃないか、零」

その瞬間、俺の警戒がマックスまで上がった。なんでこのババァは俺の名前を知っている？　どう見ても初めて会うババァだ。

いや、前に住んでたとこの近所の駄菓子屋のババァに似てるか？　……そんなわけはねぇ。

「ふぇっふぇっふぇ、近所の婆さんと儂《わし》を一緒にされても困るのぉ」

「……俺の考えてることが分かるのか」

「なぜ分かるのか、なぜこんなところにいるのか、よく考えるといい。警戒して、こいつ何者だ？　などと考えても儂《わし》の正体は分からんのではないか？」

嫌んなるな。どうやら本当に俺の考えてることが分かるみてぇだ。で、そんなことができる存在を俺は一つだけ知っていた。

はぁ……まさか、神殿につく前にお出ましとはな。

「てめぇ、風の大精霊か？」

「その通りじゃ。よく分かったのぉ。さて、次はなぜこんなところにいるかじゃな。そんなこと知るかよ！　などと考えていては駄目じゃぞ」

くそっ、やりにくいな。こっちの考えが先に読まれてやがる。

……だが、大精霊の話にはたぶん何か意味がある。今までのことで、それは分かっていた。なら、それを探《さぐ》らなければいけねぇ。

「そうじゃな。だから探るために質問をしてみるか。いい考えじゃと思うぞ」

「ちっ。てめぇは風の大神殿にいるんじゃねぇのか？」

「その通りじゃ。儂《わし》がいる場所は風の大神殿じゃな」

「なら、ここまで何しに来た。散歩か？」

「ふぇっふぇっふぇ。散歩にはちと遠いのぉ」

駄目だ。さっぱり分からねぇ。ここに来る理由があったってことか？

でも別に神殿で待ってれば、俺らが来るだろ。わざわざ出向く必要はねぇ。……なら、なんでだ？

「うむ、神殿でお主を待ってたのは確かじゃ」

俺のことを風の大神殿で待っていた。にもかかわらず、ここに会いに来た。

ってことは……何かが起きた？　そう、これだな。何かが起きて、それを伝えに来た？

「正解じゃ。では、何を伝えに来たかじゃな」

「何を伝えに……俺に言わなきゃならねぇことか？　何か危険が迫ってる、とか？」

「ふぇっふぇっふぇ。まぁ大体いいじゃろう。風の大神殿に精霊解放軍が迫っておる。危険ではないが、まぁ厄介事じゃのぉ」

「なっ⁉　おい、ババァ大丈夫なのか！」

「なに、大したことではない。儂《わし》は大精霊の中で唯一居場所がはっきりと分かっておるからのぉ。そこに目をつけたんじゃろうな」

えーっと、そういやそうだな。他の奴らはわりと変わった場所にいた。神殿にいるのはこいつだけか。

精霊解放軍は、こいつと何をしようってんだ？　精霊を解放……いや、ババァは解放する必要があるのか？

「奴らは神殿に人が入れず、精霊が出られぬ結界を張るつもりじゃ。目的はなんじゃと思う？」

「まだるっこしい言い方だな。ババァに人を近づけないためか？　そんなことしたら、精霊解放軍も近づけねぇはずだから、意味分かんねぇがな」

「ふぇっふぇっふぇ。まぁよく考えるとよい。お主が今まで精霊と何をしてきたかを、じゃな」

「何って……。一緒に飯食ったり、寝たり、旅したりか？」

普通に楽しく過ごしてきただけだ。別に変なことしてねぇぞ？

だがババアは真剣な顔で俺を見ていた。

「……儂《わし》らはお主に答えを言うことはできん。あくまで決断するのはお主じゃからじゃ。あの人は良い人です、と言われたらどう思う？ 人は先入観で、その人は良い人だと思い込むじゃろう」

「つまり、なんだ？ 俺に先入観を持たずに自分で見て考えろってことか？」

「その通りじゃ。案外頭が回るのぉ、ふぇっふぇっふぇ」

言いたいことは分かる。だが、何を決めるのかが、さっぱり分からねぇ。

俺は足元にいるチビ共を見てみた。だが、チビ共はにっこり笑って逆に首を傾げてきた。

こんなときでも、くっそ可愛い。ババァとは大違いだな。

「……って、おい！」

顔を上げると、ババァの姿はすでになかった。辺りを探したが、姿が見えない。ったく、こいつらは肝心なことはなんにも話さねぇからな……。

「良いか。人が入れず、精霊が出られぬ結界じゃ。しっかり覚えておくのじゃ。では、風の大神殿で待っておるぞ」

「うぉっ⁉」

突然、後ろから声が聞こえ、慌てて振り向いたが姿はなかった。俺を驚かすためだけにやったとしか思えねぇ。

俺はもやもやとしたまま、三人のいる場所に戻った。とりあえず、風の大神殿に急がないといけねぇな。

戻った後、さっきのことを三人に話した。三人は驚いていたが、明日からは移動の速度を上げることに賛成してくれた。

ここから風の大神殿まで早くても二、三日はかかるらしいが、少しでも急ぐ必要があるからな。


次の日、馬車で移動をしている最中、グス公がぽつりと言った。

「それにしても、なんで零さんには精霊が見えるんですかね？」

それを聞き、俺たちはグス公に注目した。何かグス公に考えがあって話し始めたと思ったからだ。

……だが、グス公はなんとなく思ったことを言っただけらしく、その先はなかった。むしろ注目されて、あわあわしている。

「いえ、答えがあるわけじゃないんです。ただ疑問に思っただけで……」

「まぁ、グレイスがそう言うのも分かる。普通の人には見えないものが見えている。それは、異世界の人間だから、という可能性が高いのではないか？」

「うーん、それだけなんでしょうか」

グス公の疑問はもっともだ。

自分が何者かを知る。大精霊から投げかけられた質問が、頭をよぎった。

俺に何かある。それが何かはまだ分からねぇ。

でも、一つだけはっきりしてることがある。段々と、何かが見えてきているってことだ。

……まずは大精霊に会わないといけねぇ。何からかは分からねぇが、チビ共を助けるためにもな！

第十三話　少しだけ時間を稼いでくれ！

――急ぎ進むこと数日。目前には町があった。

だが、俺たちは町を通り抜けてそのまま神殿へと向かった。あれからババァは俺の前に出てきていない。もう精霊解放軍が神殿に着いて、出られない状態になったってことかもしれない。

ゆっくりできたのも結局一日だけか。少しだけ残念だとも思っちまうが、それ以上に焦る気持ちがあった。もし風の大精霊と話すことができなくなったら、どうなんだ？

……きっと、俺の知りたいことが分からないままになる。それだけは、避けたかった。

「見えたぞ！　風の大神殿だ！　馬車を停めろ！」

「了解！」

リルリはアマ公の指示に従い、馬車を停める。戦闘になったときのことを考え、少し離れた位置に繋いでおいた。こっからは徒歩で近づくしかない。

そして、その判断は正しかった。近づくにつれ、黒い集団が見えてくる。リザードマン討伐のときに、あの東の村で見た集団。精霊解放軍だ。

……さて、ここからが問題だな。

「では行くか」

「ええ、神殿に入るにはしょうがないですね。お姉さまに前をお任せしていいですか？」

「うむ。リルリはグレイスの護衛を頼む」

「分かった。グレイス様は僕に任せておいてくれ」

「あぁ、分かってた。分かってたけど、お前ら止まれ」

俺の言葉に、二人は戸惑いを露《あらわ》にした。いや、戸惑っているのはこっちなんだけどな。まったく気づいていねぇところは、もうある意味で尊敬すらできる。

この脳筋共は、やっぱりあそこに突っ込む気だったのか。本当に頭が痛《いて》ぇ。

「おい、また作戦か？　無駄だろうが、それで気が済むなら好きにしろ」

「零さん、時間もないですし……」

「何が無駄だ！　てめぇらも、少しは真面目《まじめ》に考えやがれ！」

「む、何者だ！」

聞き覚えのない声がしてそっちを見ると、そこには黒装束《くろしょうぞく》の三人組。

しまった、バレちまったらしい。

俺たちを警戒しながら、じわりじわりと黒装束《くろしょうぞく》の三人は距離を詰めてくる。

「くそっ。てめぇらが大声出すからだろうが！」

「いや、どう考えても零のせいだろ。僕らは小声で話していたじゃないか……」

「こうなったら仕方ねぇ！」

「やっちゃうんですね！」

「馬鹿野郎！　話し合いが先だろうが！」

三人は、すげぇ納得のいかない顔で俺を見た。ったく、納得いかねぇのは、俺のほうだ。人間ってのはな、手より先に言葉を出すべきだろう。そんなこともこいつらは分かってねぇ。野蛮人以下だ。

俺はフレンドリーに、黒装束たちに近づくことにした。数は三人。神殿周りには大勢いるが、俺たちに気づいたのは見張りのこいつらだけみてぇだ。

「おう、悪いな。俺たちは別に怪しいもんじゃねぇんだ。ちょっと神殿に……その、なんだ？　……そう！　お参りに来たっつぅかな」

「お前のような怪しい目をした奴が巡礼だと？　どう見ても犯罪者としか思えんがな」

「おらぁ！」

俺は目の前の奴を鉄パイプで思いっきりぶっ叩いた。呆気《あっけ》にとられているグス公たちと、黒装束の残り二人。

しまった。犯罪者とか言われて、ついやっちまった。

……だが、まぁしょうがねぇ。喧嘩を売ってきたのはあっちだ。俺は悪くない。

「き、貴様！　よくも仲間を！」

「あぁ？　ふざけんじゃねぇぞ！　いいか！　悪いのは俺じゃねぇ！　どう見ても一般人でしかねぇ俺を、犯罪者扱いしたてめぇらが悪い！　いきなり侮辱《ぶじょく》されれば、誰でも怒るだろうが！」

「ぐっ、確かに一理あるが……」

「ならてめぇも寝てろ！」

「え、ちょ、待て……」

俺は残り二人もしばき倒した。さらに、念入りに縛《しば》っておく。これで安心だな。

……で、まったく手伝わなかった三人は何をしてたんだ？

俺が振り向くと、三人は神妙な面持《おもも》ちで手を叩いて拍手をしていた。

「なるほどな。話しかけて油断させたところで殴る。零は外道《げどう》だね。僕なんか足元にも及ばないよ」

「私のような清廉潔白《せいれんけっぱく》な騎士には思いつかない手法だな。真似する気はないが、恐れ入った」

「無傷で三人倒せましたね！　さすが零さんです！」

くそっ。どういうことだ。納得いかねぇ。

てめぇらも見てたよな？　先に喧嘩を売ったのはあっちだぞ？　俺は悪くなかっただろうが……。

「うるせぇ！　とりあえず神殿前の残りの奴らをどうにかするぞ！　……って、あいつらなんか魔法唱《とな》えてねぇか？」

「そりゃあれだけ大声で殴り飛ばしていればな。バレているのは当然だ」

一つも思い通りにいかねぇ。くそっ、だが仕方ねぇ。

とりあえず、あの魔法をなんとかすることを考えないといけねぇな。やばい魔法であることは、まだ発動していなくても分かる。だって、すげぇ勢いで地面が揺れてるからな。

リルリが目を凝《こ》らして、ぽつりと漏らした。

「あれは土属性の魔法みたいだね。大地が隆起《りゅうき》しているように見える」

「そうみてぇだな。何かデコボコしてるっつぅか……。どんどんでかくなってねぇか？」

みるみるうちに、土塊《つちくれ》が巨大化していく。そして、地面の揺れが収まった。

現れたのは、三メートルはありそうな、でっけぇ岩の塊《かたまり》？　いや、岩が集まって人型っぽい形をしたものだ。

「ゴーレム⁉　あんな魔力の消費が大きいものをどうやって……。もしかして、あそこにいる全員で作ったんですか⁉」

「そうとしか考えられないな。だが、あそこまで大きいゴーレムを見るのは私も初めてだ」

驚きの声を上げたグス公に、アマ公が冷静に返した。

ゴーレム？　とかっていうでかい岩の塊は、見た感じ立派なお屋敷くらいの大きさがあった。

おいおい、あんなのどうすんだ？　……いや、でもあんだけでかければ、股《また》の下を抜けて行くこともできるんじゃねぇか？

「おい、あれなら上手いことやれば、無視して神殿に入り込むこともできるんじゃねぇか？」

「そうだな。ゴーレムと対峙《たいじ》した奴は、大抵そういう勘違いをする。でかいから遅いはずだとな」

少し離れた位置にいたゴーレムが動き出した。ゆっくりと地面を揺らしながら、こっちに向かってくる。

いや、でもあんなに遅けりゃなんとかなるんじゃねぇか？

「いいか！　自分が想定している以上に素早く、大きく動いて避けるんだ！　奴の攻撃範囲は広いぞ！」

　アマ公はそれだけ言うと、ゴーレムに突進して行った。俺も慌ててアマ公に続く。

　グス公とリルリは、離れた位置から魔法を放ち始めた。様々な形状の炎と氷。赤と青のコントラストがゴーレムを穿《うが》つ。

　グス公たちの攻撃で、どんどんゴーレムの体が削《けず》られていく。

　これなら余裕じゃねぇか？

　……だが、そんなのは勘違いだった。地面から土を吸いこむように、ゴーレムの体が再生していったんだ。

「なっ。どういうことだ！　あんなのインチキじゃねぇか！」

「当たり前だ！　土や石の塊だぞ！　土さえ補給すれば元通りだ！　……避けろ！」

　気づけば、頭上の黒い影が大きくなっていた。俺はアマ公の言葉で思いっきり横に飛ぶ。

　次の瞬間、俺たちがいた場所に土塊の拳が叩き込まれた。

「うぉっ！　危ねぇ！」

「ぼさっとするな！　動け！」

「あぁ!?」

　さっきのアマ公の言葉の意味を、俺はこのときやっと理解した。

ゴーレムは遅いんじゃねぇ。遅く見えるだけなんだ。そのでかさで、遠くからだと遅く見える。こっちが必死に走っても、ゴーレムはたった一歩で距離を詰めてきた。

拳を避けたつもりでも、その大きな衝撃で体が吹き飛ばされる。

「こんなの手の打ちようがねぇだろうが！」

「あわあわあわ、零さん！　いくら攻撃してもすぐに戻っちゃいます！」

「グレイス様！　近づきすぎだ！　距離をとるよ！」

グス公は必死に攻撃を続け、リルリはそんなグス公の手を引っ張ってしっかりと後ろに下がる。

アマ公はゴーレムの足を攻撃しながら、相手の周りをちょろちょろしてる。あれは、やられる側からするとうざいだろうな。

はっ、こんな三人でも連携《れんけい》はとれてるってことか。

……あれ？　俺は逃げてるだけじゃねぇか？　俺も何かしねぇと！

だが、魔法が使えるわけでもねぇ。アマ公みたいな雷を纏《まと》った剣の攻撃に比べれば、鉄パイプの一撃なんて屁みてぇなもんだ。

落ち着け、俺にもなんかできるはずだ。考えろ。

そもそもあいつはなんだ？　土？　土ってどうやったら倒せんだ？　水をぶっかけて凍《こお》らせるか？　いや、あんなデカブツを全部濡らすのなんて無理だろ。濡らしたとしても、凍らされないように土を吸って、またでかくなっちまう可能性もある。

あんな魔法ありかよ……魔法？

俺はちらりと、神殿の方を見た。そこには当然、黒装束の奴らがいる。数は十人ほどで、手を掲《かか》げてゴーレムを操ってるように見えた。

ここで俺に、一つ策が浮かんだ。……やれるんじゃねぇか？

「アマ公！　少しだけ時間を稼いでくれ！」

「稼ぐのは構わんが、私だけでこいつを倒すのは無理だぞ！」

「分かってる！」

俺はその場をアマ公に任せて、グス公とリルリのところへと走った。

第十四話　はい、ご苦労さんっと

辿《たど》り着くと、二人は俺が戻って来たことにも気づかず、魔法を乱射していた。

「グス公！　リルリ！　ちょっと聞きてぇことがある！」

「零さん？　今はそれどころじゃ……」

「ならさっさと答えろ！　炎の温度を上げることはできるか！」

「え？　温度？　もっと熱くしろってことですか？　できますが、熱くして溶《と》かしても、きっとすぐにゴーレムは戻ってしまいますよ？」

「それで構わねぇ！」

よし、第一条件はクリアしてる。後はリルリの氷か。

俺は落ち着くようにグス公の背中を軽く叩き、今度はリルリを見た。

「リルリ！　あいつにでっかい氷を大量にぶち込むことはできるか⁉」

「はぁ？　そりゃ動きさえ止めてくれたら、精霊の力をフルに使ってできるさ。でも、僕は魔力をほとんど使っちゃうよ？　それに氷をぶっ刺したところで、すぐにゴーレムは元に戻っちゃうし……あぁ、そういうことか。グレイス様に溶かしてもらって、凍らせようっていうんだろ？　そんなことしたって、凍った部分を捨てればいいだけだし、意味ないと思うぞ」

俺はリルリの話の後半は、聞いていたがほぼ無視した。

よしよしよし！　いける！　後はアマ公に全力であいつを転ばせてもらうだけだ。そうすりゃ、なんとかなるはずだ。

「いいか、あいつを今から転ばせる。で、グス公はゴーレムにできるだけ熱い炎をぶち込め！　全力であいつとその周りを熱くし続けるんだ。それで少し経ったら、リルリはでっかい氷の塊をぶち込め！」

「え？　いえ、あの零さん？　ですから、土を吸って元に戻るだけで……」

「おし、俺はアマ公のとこに行く！　いいか、倒れたら作戦通りに頼むぞ！」

「おい！　零！」

俺は二人を無視してアマ公のところに戻る。

このままやられてたまるかってんだ。絶対《ぜって》ぇ成功させっぞ！

アマ公は俺が戻ってきたのを確認し、ゴーレムを相手しつつ俺に近づいてきた。

危ねぇ！　俺もゴーレムの攻撃に巻き込まれんだろうが！

「で、どうするんだ⁉　何か策があるんだろうな！」

「おう！　まずはこいつをできるだけ、あの操ってる奴らに近づける。そうしたら、こいつの足をぶっ壊して転ばせられるか？」

「造作《ぞうさ》もないことだ。だが、あいつらはゴーレムで自分たちを守るはずだぞ？」

「大丈夫だ、俺を信じろ！　いいか、あいつを転ばせたら全力で離れるぞ」

「な……。逃げるのか⁉」

「逃げるんじゃねぇ、ぶっ倒すんだ！」

アマ公は意味が分からなかったのか微妙《びみょう》な表情を浮かべたが、すぐに微笑《ほほえ》みを浮かべた。

「ぶっ倒す、か。面白い、乗ってやろう！」

それだけ言うと、アマ公は素早く動き出した。それは、ゴーレムをできるだけ黒装束共に近づけるための動きだ。

俺はゴーレムをアマ公に任せて、黒装束共に近づこうとする。当然それに気づき、黒装束共はゴーレムを自分の方へと戻そうとした。

よし、この距離ならいけんだろ。

「アマ公！」

「任せろ！　吹き……飛べ！」

アマ公の剣から雷が放たれた。その雷は轟音《ごうおん》を立て、見事にゴーレムの右足をぶっ壊す。

バランスを崩したゴーレムは、なすすべもなく倒れていった。完璧《かんぺき》だ。

ゴーレムは完全に倒れ、ひどい量の砂埃《すなぼこり》が舞った。

俺は姿も確認できないまま、アマ公に叫んだ。

「アマ公！　離れるぞ！　グス公！　燃やせ‼」

「はあああああああ！」

グス公は気合の叫びを上げ、転んだゴーレムを全力で燃やしている。

その火力は凄《すさ》まじい。近くにいた俺も燃えそうなくらいだ。ってか、若干服が燃えてねえか⁉

俺は火を手で叩いて消しながら、ゴーレムと距離をとる。

程《ほど》よくゴーレムが熱せられたのだろう。黒く、焼けた金属のような色合いになって溶け始めていた。

そろそろ頃合いじゃねぇか？

「リルリぶち込め！　で、全員伏せて耳を塞いで口を開け！」

俺はそれだけ叫ぶと、その場に伏《ふ》せて両耳を手で塞いで口を開いた。

視線を空に向けると、ゴーレムの上から、物凄いでかさの氷の塊が落ちてくるのが分かった。そしてそれが、ゴーレムに突き刺さったときだ。

爆音とともに、周囲が一気に吹き飛んだ。

水蒸気爆発だっけか？　上手くいったな。

想像以上の威力で、俺の体も吹き飛ばされ、背後の岩に打ちつけられた。だが、まぁ距離を取っていたお蔭《かげ》もあり、なんとか立ち上がることはできる。

ゴーレムの近くにいた黒装束の奴らは、たまったもんじゃねぇだろう。

……だが、油断はできねぇ。俺は走って黒装束の奴らのところに向かった。

「な……な……グレイス！　何をやったのだ！」

「わ、私じゃないですよお姉さま！　やったのはリルリです！」

「ぼ、僕じゃない！　僕は氷をぶち込んだだけだ！」

爆発のせいで視界が悪くてあんまし見えねぇが、大分距離を取っていた三人は無事みてえだな。

何か言い合いしてんのか？　まぁいいや。

「ぎ、ぎざまらあああああ！」

一人の男の叫び声とともに、全身が吹き飛んでボロボロとなったゴーレムが立ち上がった。すでに原型を留めていない。

だが、その後ろで同じくボロボロの黒装束の一人が立ち上がり、ゴーレムを再び操り始めた。

「くっ、二人とも下がっていろ！　まだ終わっていないぞ！」

アマ公がグス公とリルリに警告した。

黒装束の男は、肩で息をしながら怒りまくっている。

「何をしたのかは分からんが、絶対に許さんぞお前らあああああ！」

「はい、ご苦労さんっと」

「な……!?」

俺は黒装束の男を後ろからぶっ叩いた。ついでに、他の目を覚ましそうな奴もぶっ叩いておく。経験上、死んだふりをしてる奴はなんとなく分かるからな。

……うんうん、水蒸気爆発でぶっ飛ばして視界を悪くする。そして、距離を詰めてゴーレムを操ってた黒装束をぶっ倒す。完璧だな。

「零さん！」

「おう、お前ら無事か？」

「無事か、じゃないだろ！　全身砂だらけだ！　それよりさっきの爆発はなんだ!?　僕は悪くないぞ！」

「分かった分かった。だから落ち着け。リルリは悪くねぇ。それでいいな？」

どうやら三人ともテンパってるみてぇだ。まぁ知らなかったら当然驚くわな。俺だって耳を塞いで備《そな》えてたのに、まだ耳がキーンとしている。

……だが今は、そんなことは後回《あとまわ》しだ。

「話は後だ。神殿に入るぞ」

「む？　こいつらはどうする？」

「あぁそうだな、一応縛っておくか」

俺たち三人で黒装束たちの手足を縛った。グス公も手伝ってくれたが、ゆるゆるだったので俺がやり直す。

その傍《かたわ》らで、チビ共は黒装束の奴らの体によじ登って、誰が一番先に登頂できるかという遊びをしていた。おい、そろそろ行くぞ。

さて、後は神殿に入るだけか。

見た感じ、神殿の入口は人が一人通れるくらいの幅《はば》だ。奥は広くなってんのか？

俺が入口に入ると、後ろから何かにぶつかるような音がした。

「いたっ」

振り返ると、グス公が額《ひたい》を押さえて涙目になっていた。何やってんだ、こいつは。よろけて壁にでもぶつかったのか？

「おい、大丈夫かグス公。……って、なんだこりゃ」

壁だ。目の前に見えない壁がある。これのせいで、俺は外に出ることができねぇ。同じように、外にいた三人も中へ入ることができないようだ。

俺たちが困っていると、黒装束の一人がこちらを見て笑い声を上げた。殴り方が足りなかったみてぇだな。

「結界が作動したのだ！　もう誰も入ることはできない！」

縛りつけられたまま偉そうに話す黒装束を、アマ公は剣を鞘《さや》に入れたまま殴って気絶させた。

やれやれ、ご丁寧に教えてくれたが、どうやら奥に行けるのは、作動前に中に入った俺と数体のチビだけらしい。

そういや、風のババァが結界がどうこうって言ってたな。人間が入れないんだっけか？　いや、精霊が入れない？　出られない？　詳しいことは忘れちまったが、これがその結界ってやつなんだろう。

「これじゃぁ、僕たちは中に入れない」

「別の入口を探すしかないですね。いたた……」

「他に入口があればいいが……おい零。私たちは他の入口を探す。お前はそこを離れるなよ、いいな」

三人は俺に動くなといい、別の入口を探しに行った。ガキじゃねぇんだからよぉ。俺だって、そこまで言われなくたって分かってらぁ。

とりあえず、あいつらが入ってくるまで暇になっちまったな。手持ち無沙汰《ぶさた》ってやつだ。

……だが、俺の足をチビ共が引っ張っていた。何が言いたいかは大体見れば分かる。先に進めと言ってるんだ。

俺は、さっきのグス公たちの言葉を全部忘れた。そりゃチビ共が優先だろ。

「おい、俺は先に奥へ行ってる！　後から来い！」

とりあえず大声で言っておく。これでいいだろう。

俺は返事を待たずに、奥へ進むことにした。アマ公あたりがすげぇ怒りそうだからな。返事を待つのは、かえって危険だ。

俺はチビ共に導かれるように奥へと進んだ。結界が作動したってことは、中に精霊解放軍がいる可能性が高い。

どうしても慎重《しんちょう》に進まざるを得ない……と、思っていたんだがな。

チビ共がぐいぐい引っ張るから、俺は気にせず普通に歩いてた。まぁ、なるようになるだろう。

進めば進むほど、通路は広くなっていく。流石《さすが》神殿ってところか。なんとなく厳《おごそ》かな雰囲気ってやつを感じる。

そして、扉みたいなところに突き当たった。まぁここが目的地だろ。

俺はここまで誰とも会うことがなかった。ってことは、中で待ち構えている可能性がある。

扉を軽く押すと、簡単に開くことが分かった。それが分かれば十分だ。

中に入った途端に襲われることを想定し、鉄パイプをしっかりと握り直す。

準備を整えた俺は、扉を蹴り開けた。

第十五話　俺はてめぇが気に食わねぇ

広間の中にあったのは祭壇だった。

そして、そこにいたのは二人。一人は風の大精霊のババァだ。もう一人は……。

栗色《くりいろ》の髪に、人懐《ひとなつ》っこそうな中性的な顔立ち。そして黒い装束。間違いなく精霊解放軍だろう。

「おや？　入口には結界を張ってあったのですが……。ん？　あぁ、もしかしてあなたが零さんですか？」

どうやらこいつは俺を知っているらしい。精霊解放軍は、俺を捕《と》らえようとしてるって話だったからな。そりゃ顔もバレてるってもんだろ。

だが、なんだ？　にこにこと笑ってやがるくせに、こいつを見ているとひどく胸がざわ・・つく。

「あぁ、そんなに警戒しないでください。僕たちは敵同士ではありませんよ？　僕の名前はコウヤ。精霊解放軍の一員です」

「……つまり今の大層な騒ぎや、俺に懸賞金を賭けた一味ってことだろ。それで敵じゃねえってのか？」

「あー……。すみません、それは大臣が勝手にやったことでして。僕もあなたを捕まえられるなら丁度いいかなって、そのままにしちゃいました」

人懐っこく笑いかけてくる。こんな顔をしていたら、さぞかし人付き合いも楽だったんだろう。俺とは正反対の人間だ。

ひどく、苛立《いらだ》つ。こいつが嫌な奴だとか、そういうんじゃねぇ。いきなり襲いかかってこねぇだけマシってもんだ。なのに、胸のざわめきが止まらない。

俺はそれでも平静を装《よそお》い、コウヤとかいう奴に話しかけた。

「で、てめぇはここで何してんだ？」

「風の大精霊と契約をしようとしたのですけどね。そこにあなたが来ました」

「ふぇっふぇっふぇ。どちらにしろ大精霊と契約などできないがね」

「できない、ですか？　どういうことです？」

「大精霊は己では決断をしない。流されるままに動くのさ」

おいおい、大精霊ってのは主体性がねぇんだな。

俺の心の声を聞いていたのか、ババァはこっちをキッと睨んだ。おぉ、怖《こえ》ぇ怖《こえ》ぇ。

だが、契約ができないってんなら話は早《はえ》ぇ。さっさと用事を済ませて戻るだけだ。ついでに、このコウヤって奴もひっ捕らえるか。

俺が目つきを鋭《するど》くして口元を歪《ゆが》めると、コウヤは俺に笑顔を向けて話しかけてきた。

「そうだ、零さん。精霊解放軍に入りませんか？」

「……はぁ？」

正直、驚いた。屈託《くったく》のない笑顔で、そんなことを言いだすとは思わなかったからだ。

こっちを利用する気満々だって分かっているのに、そんな提案に乗る奴がいると思ってんのか？　こいつはあれだ、ちょっと馬鹿なんだろうな。

「精霊解放軍の目的、知りたくないですか？　入れば分かりますよ」

「お断りだ。さっさと失《う》せろ。俺はてめぇに用はねぇ。そこのババァに話があるんだ」

コウヤは、大げさに肩を竦《すく》めてみせた。

「つれないなぁ。まぁここで争《あらそ》う気はありませんし、僕は帰るとします」

「おう、さっさと失せろ」

そのまま部屋を出ようとしたコウヤだったが、扉の前で足を止めた。

なんだ？　やろうってのか？

俺は鉄パイプをコウヤに向けて構え直す。

「んー、どうせなら教えておいたほうが、入る気になってくれるかもしれませんね。精霊解放軍の目的を話しておきます」

「聞いたって変わらないかもしれねぇぞ」

「それならそれで構いません」

……そうか。なぜイラつくのか、なんとなく分かってきた。こいつは俺の目を見ている。

だが、その日は俺を真っ直ぐ見てねぇ。見下しているんだ。

こいつは笑っているのに、目は笑っていない。そのふざけた感じが俺を苛立《いらだ》たせていた。

「精霊解放軍の目的は、精霊の解放。そして管理です」

「管理だぁ？　どういうことだ。精霊を自由にするのが目的じゃねぇのか」

「その通りです。この世界が乱れている理由、分かりますか？　人が魔石を採《と》っているからです。黒い石は、元々は精霊です。そして長い年月をかけて魔石になり、精霊へと戻ります」

「魔石？　確か前にそんなのを拾ったような気が……」

この世界に来て間もない頃、倒したゴブリンから出てきたやつだったよな？

「なら話は早いですね。精霊は魔力を使い切ると、黒い石になります。そして魔力を吸って透明《とうめい》な石へと変貌《へんぼう》した後、精霊に戻ります。透明な石の状態が、人々が魔石と呼んでいるものです。稀《まれ》に、魔物の魔力が結晶化して魔石が生まれる場合もあるようですけどね。人は精霊が魔石化した状態のものを採って加工をし、装飾品などにしてしまう。……場合によっては、無価値だと判断して砕いてしまっている。それにより、精霊がこの世界から減っていっているのです」

つまりなんだ？　人が精霊を殺し続けてるってことか？　なら、精霊解放軍のやってることは精霊を救うことなわけか。

……だが、釈然としねぇ。それは、さっき言ったこいつの言葉が引っかかっているせいだ。

「管理ってのは、どういうことだ」

「言葉の通りです。我々が精霊を管理するのです。そうすれば、精霊がこれ以上失われることはなくなり、世界の魔力の乱れも収まります。どうですか？　これができるのは僕とあなただけです」

「俺とお前だけ？　どういうことだ？」

「零よ。そやつも『精霊に愛されし者』じゃ」

「な……」

まじかよ、俺以外にもいたのか。つまり、こいつも精霊が見えるってわけか。

道理でババァにも物怖《ものお》じせずに普通に話してたわけだ。普通、こんな怪しい羽根つきババァを見たら、話すのを躊躇《ためら》うからな。

だが、なんだ？　こいつの全てが引っかかる。態度も気に入らねぇし、管理って言葉も気に入らねぇ。

「チビ共を救いたいってのは同感だ。だが、具体的に言え。管理ってのはどういうことだ？」

「なるほど、確かに疑問に思うところですね。僕の言う管理とは、精霊を扱う人間を選ぶということです。僕たちが選んだ人間以外には、精霊との契約はさせません。精霊にもそれを遵守《じゅんしゅ》させます」

「そうするとどうなる？」

「精霊の数が減ることもなくなり、魔力の乱れも収まる。世界は平和になります。精霊を大事に扱える人間だけが精霊と契約しているわけですからね」

「そういうことか……」

「力を貸してもらえますか？」

笑いが込み上げてきた。なるほど、面白いことを言いやがる。

確かにそれは管理だ。間違いなく、上手くいくだろう。

管理されることで、精霊は上手に使われるようになりました、世界は平和になりました……ってか？　ふざけやがって。

「てめぇの言う管理ってのは、精霊たちを道具みたいに扱って世界のトップに立つことだろうが。精霊のことなんて何も考えてねぇ。てめぇは精霊を利用して、人を管理化に置こうとしてるだけだ」

「……」

「この世界は魔法と精霊で成り立っている。そんなことは俺でも分かる。その精霊を押さえちまえば、お前らに逆らえる奴はいねぇ。みんな頭を下げて、精霊と契約させてもらおうとするだろうなぁ」

「ですが、それで精霊は救われます」

「いいや、絶対に救われねぇ。それはお前の理想であって、精霊の理想じゃねぇ。俺はてめぇが気に食わねぇ。俺は俺のやり方でチビ共を守る！」

「……交渉決裂ですか、残念です。気が変わったら、いつでも僕のところに来てください」

コウヤは、それだけ言うと素直に立ち去った。ふざけやがって！

その場に残されたのは、俺とババァだけだ。俺はババァのところに近づいた。はっきりと言っておきたいことがあるからだ。

「いいか！　俺は精霊を管理する気なんてねぇ！　俺は俺のやり方でやる！　文句あるか！」

「ふぇっふぇっふぇ。それを儂《わし》に言ってものぉ。時代がコウヤのやり方を求めるなら、大精霊はそれに流されるだけじゃ」

「好きにしろ！　俺は別にてめぇらの力なんていらねぇ！　俺はただ、ずっと世話になってきたチビ共に……平穏な暮らしをさせてやりてぇだけだ！」

「そうかいそうかい。だが決断をするのはまだ早いね。これからお主は北に向かうんじゃ」

「水の大精霊ってやつか。もう話すことなんてねぇだろう」

「いいや、一番大事なことがあるじゃろ？　薄々、気づいているんではないかのぉ」

くそっ。このババァは嫌なところを突いてきやがる。

流石《さすが》の俺でも、ここまでくればなんとなく分かってきている。俺が何者かってやつだ。

「水の大精霊に会うのじゃ。そして自分の力を知るがよい」

「ちっ。乗りかかった船だ。言う通りにしてやらぁ」

「ふぇっふぇっふぇ。そこで残りの謎は全て解《と》ける。後はお主の決断だけじゃ」

ババアが指を鉄パイプへ向けて伸ばす。指先が光を発し、鉄パイプの穴に緑色の石がはまった。

そして、風の大精霊は消えていった。他の大精霊と同じようにな。

さて、啖呵《たんか》切ったのはいいんだが……。どうやってチビ共を救うかだ。

やっぱり、なんちゃって王族のグス公たちに協力してもらうしかねぇだろう。魔石とかを採るのをやめさせるか？

水の大精霊に会うまでには、決めておきてぇとこだな。

第十六話　埋めるのは後だ

俺が外に出ようとすると、もう結界は作動していなかった。まぁ、あのままじゃ、コウヤも出られねぇからな。

黒装束共はまだ気絶していた。だが、大した怪我はないみてぇだ。チビ共が辺りをうろうろしてるところを見ると、治療してやったんだろう。こいつらは天使だな。

状況を確認した後、人の気配を感じて横を見るとだ。鬼のような形相をした三人組がいた。

やべぇ、とりあえず上手いこと機嫌をとるか？　白《しら》を切るってのはどうだ？

……いや、ここで取る方法は一つだな。これまでの経験で俺は学んだ。

　ぶち切れたグス公とアマ公に肩を掴《つか》まれる。さらにリルリには足を氷付けにされた。当然逃がしてはもらえない。というか、殺されそうだ。

「零さん？　私たちは待っていてくださいと言いましたよね？」

「悪かった」

「あぁ、なのにこいつは勝手に先へ進んで反省もしていない！」

「全部俺が悪かった」

「これは一度しっかり僕たちで教育を……え？」

「すみませんでした」

　俺は素直に頭を下げた。ここまででしっかり学んだんだ。こいつらは、素直に謝られるとそれ以上怒らねぇってことを。へっ、完璧だな。

「……反省しているようだな。まぁそれなら、これ以上追及することもあるまい」

「次からはちゃんと約束を守ってくれよ？　僕たちだって心配しているから言っているんだ」

「あぁ、悪かった」

　はっ。こいつらの扱いにも慣れたもんだ。

　正直、チビ共優先の俺からしたら、これっぽっちも反省するところなんてねぇ。チビ共に行けと言われれば、俺はこいつらの意見なんて知ったこっちゃねぇからな。

アマ公もリルリも俺を許したみてぇだし、こういう感じで上手いことやっていくしかねぇな。

……あれ？

俺はぞわっとしたものを感じ、グス公の方を見る。

そこには、満面の笑みを向けるグス公がいた。なんだ、怒ってないじゃねぇか。

「零さん、反省していませんね？」

「いや、悪かったと……」

「思っていませんね？」

「だから、ちゃんと謝って……」

「え？　口だけですよね？」

くそっ。なんでグス公のくせにこんなに鋭《するど》いんだ。

ってか、俺に反省する理由なんてねぇだろ。

いつも我がままで脳筋なてめぇらのほうこそ、反省するべきだろうが！　そうだ、俺は悪くねぇ！

よし、ここは無理矢理押し切ってやればいい。

怒鳴りつけてやろうとすると、スルリとグス公の手が俺の腰元の何かを抜いた。

俺はその動きにまったく反応できなかった。ひどく自然に笑顔で抜き取っていったからだ。

グス公は俺の腰から抜いた鉈《なた》を、手首を軸《じく》にして自分の顔の前でゆっくりと左右に振っている。

なんだこれ、超怖《こえ》ぇ。背筋を氷が伝ってくみたいで……悍《おぞ》ましさを感じる。

「零さん、私……」

「悪かった！　俺が悪かった！　心の底から反省した！　だから許してくれ！　もしかするとまた同じことするかもしれねぇ！　だがその度《たび》に謝るから勘弁してくれ！」

「そうですか。反省はしてくれているみたいだからいいです。でも、なるべく心配させないでくださいね」

「分かった！」

グス公は、いつも通りの笑顔に戻った。そして、俺の腰に鉈《なた》を戻す。

アマ公は両手を頬に当てて震え、リルリは目を見開いて青い顔をしている。今の俺は、心の中でその両方をしている感じだ。

チビ共は俺の足に貼《は》りついて震えていた。あそこで本当に反省しなかったら、どうなっていたのか。想像するだけで倒れそうだ。

まさか、グス公がこんなにやべぇ奴になるとは……。ほのぼのしている、抜けた奴だと思ってたんだがな。

「さて、それじゃぁこれからどうしますか？」

「あ、あぁ。北にいる水の大精霊に会おうと思ってるんだが、どうでしょうか？」

「もう零さん。敬語交じりの変な話し方になってますよ？　疲れたんですか？」

「わ、悪《わり》ぃ」

お前が怖いからだとは言えない。ああ、さっきのことは忘れよう。そのほうがいい。忘れろ、俺。

……おう、大丈夫だ。他に考えることが多いからな。そっちに集中すれば大丈夫だ。きっと大丈夫。

「で、北に向かうんだけどな。場所はまたチビ共に教えてもらうことにしてだ、お前らは何か気になることはあるか？」

「ん？　あぁ、一点だけいいか？　僕たちが捕まえたあいつらはどうするんだ？」

「あー、精霊解放軍の奴らか。まぁとりあえず放しちまっても……おい、なんでてめぇがここにいるんだ」

「やぁ零さん。さっきぶりですね」

「いや、そうじゃねぇだろ。なんでてめぇが縛られてるんだって聞いてんだ」

「ふふっ。風の神殿から出たところで、横から殴られて縛られました。普通は避けられませんよね」

　俺は頭を抱えた。なんでこんな奴相手に、さっきまで本気になっていたんだ。

　そう、黒装束の陰から身を起こし話しかけてきたのは、コウヤだった。

　しかもこいつは、縛られてるのに偉そうな顔をしてやがる。なんだか、少し可哀想になってきた。

「零、こいつと知り合いなのか？」

「あぁ、残念なことにさっき知り合っちまった」

「おや、零さんは綺麗な人をたくさん連れていらっしゃいますね。そちらの美しい金髪のお嬢《じょう》さん、縄を外していただけませんか？」

　こういうイケメンっぽい奴が言うと、女はコロッといくんだろうな。

　とりあえずアマ公を止めてから、こいつをどうするかを考えるしかねぇ。このままじゃ三人の誰かが縄を解きかねないからな。

　まぁ実際コロッといったアマ公は、剣を抜いていた。やべぇ、止めねぇと。

「おい、そいつの縄を……」

「こいつは殺してもいいのか？」

「はぁ？」

　……想像の斜め上だった。剣を抜いただけならいいが、なんでこいつはいきなり殺そうとしてんだ？

コウヤも想定外だったのか、口を開けてぽかーんとしていた。そりゃそうだろうな。

俺はアマ公の前に手を出して制した。

「とりあえず待て。埋めるのは後だ」

「埋める⁉　今、埋めるって言いましたよね⁉　なんでさらりと僕を埋めようとしているのですか⁉」

「で、アマ公。なんでいきなり殺そうとしてんだ？」

「あぁ、こういう手合いには慣れていてな。王族を利用しようとする奴は、大体こういう目をしている。だから、とりあえず剣で黙らせることにしているのだ」

さっきのグス公といい、この姉妹はなんなんだ？　王族って超やべぇな。リルリだけが救いだ。口は悪《わり》ぃけどな。

「アマリス様、穴を掘ったけど、こいつは埋めていいのか？」

前言撤回《ぜんげんてっかい》だ。こいつも同じ穴のムジナだった。

こいつらをただの馬鹿だと思っていたが、思ってた以上にやべぇな。それなりに長い付き合いになってきたってのに、新たな一面を見せられている気がする。女ってのはよく分からねぇ。

俺はとりあえず、コウヤを穴に落とそうとしているリルリとアマ公を押さえた。

「零さん！　あなたのお仲間はなんなのですか⁉　いきなり人を埋めようとしていますよ⁉　第一、僕は女性にこんな扱いをされたことがないのが自慢なのですよ⁉」

「零さん、やっぱりこの人は埋めたほうが……」

「待て待て。いきなり埋めようとするんじゃねぇ」

俺は今、コウヤに同情していた。さっきまで偉そうにしていたくせに、今では真っ青になっている。一歩間違えば埋められるという状況になれば当然だろう。

俺はそこで、素朴な疑問をポロッと口から漏らしてしまった。

「だけどよぉ、お前ら俺にはこういうことしなかったよな？　俺だって、お前らを利用しようとしてすり寄ってきたって可能性もあっただろ？」

「ないです」

「ないな」

「ボケナス」

明らかに一名おかしいだろ。相変《あいか》わらずこいつらは喧嘩を売ってきやがる。

だが、信用されているのかと思うと腹は立たない。俺も単純なもんだ。……へへっ、悪くねぇよな。

「零さんは、そもそも利用する前に相手に逃げられるタイプじゃないですか」

「目だけで捕まるレベルだからな」

「頭がいいフリをしているボケナスだ」

全然違った。俺は無言でコウヤに蹴りを入れた。完全に八つ当たりだ。

なんで自分が⁉　という顔をしていたので、もう一発蹴りを入れた。くそが。

「よし、分かった。こいつはこのまま連れて行く。他の奴らは解放する。これでどうだ」

「いえ、その人と一緒に行きたくないです。ですから埋めましょう」

「うーっし、決定だ。さっさと北に向かうぞ」

俺はグス公の意見は聞こえなかったフリをした。三人ともブツブツ言っているが、それも全部無視だ。

とりあえず、俺はまだ気絶している黒装束たちの縄を切った。そしてコウヤを御者台と荷台の間のスペースにぶん投げて、御者台に乗り込んだ。コウヤは呻《うめ》いていたが、こんな奴のことなんざ知ったことじゃねぇ。

ちなみに、後ろに乗ったグス公とアマ公は、すげぇ嫌そうな顔をしている。俺の隣に座ったリルリもだ。顔色一つ変えないいつもの態度はどこにいった。

……だがまぁ、悪い男には引っかからねぇぞってことか？　こいつらも色々と騙《だま》されたことがあるのかもしれねぇ。

「ありませんからね？」

「あぁ⁉　グス公、お前いきなり何を言ってんだ？」

「いえ、なんでもありません」

心を読まれたのかと思って、ビクッとした。大精霊のせいで、俺の考えていることが周りに全部バレている気がする。

それにしても、この色々と怖いところがある三人よりもだ。コウヤのほうがマシなんじゃねぇのか？

俺はそんな不謹慎《ふきんしん》なことを考えながら、馬車を進ませた。リルリに教わったお蔭《かげ》で、馬車の扱いにも少しは慣れてきたな。

第十七話　もう一発いっとくか？

俺は途中で馬車の操作をリルリに変わってもらい、地図を広げた。チビ共に次の目的地を教えてもらうためだ。

そんな俺を見て、縛られたまま転がされているコウヤが声をかけてきた。

「へぇ、零さんはずいぶんと精霊と仲が良いのですね？」

「そりゃダチだからな」

「僕にもそれくらい優しくしてくれませんかね？　具体的に言うと縄をですね……」

ちっ。俺は舌打ちしながら腰の鉈《なた》を抜いた。いい加減面倒だったしな。逃げる場所もねえだろうからいいだろう。

「おや？　もしかして僕を殺すつもりですか？　そんなことをしたら精霊解放軍が……」

「縄を切れって言ったのはてめぇだろ。いいから大人しくしてろ」

「おい、待て。そいつは精霊解放軍の中でも、かなりの地位にいるはずだ。逃げられたら面倒なことになるぞ」

「いいからアマ公は黙ってろ。俺はこいつに話したいことがある」

アマ公は剣を抜き、コウヤに突きつけていた。いや、そんなに近《ちけ》ぇと馬車の揺れで刺さるんじゃねぇか？　……まぁこいつなら、ちょっとくらいなら刺さってもいいか。

俺はさくさくっとコウヤを縛っていた縄を切ってやった。こいつが俺と同じなら、魔法は使えねぇ。戦闘力も大したことないだろう。なら、一人で逃げ出すことは不可能だ。

「まさか本当に縄を外すとはね。いいのですか？　逃げるかもしれませんよ？」

「好きにしろ。だが、水の大精霊に会うまでは付き合え」

「……理由を聞いても？」

「俺はてめぇが気に食わねぇ。どれくらい気に食わねぇかっていうと、今すぐ蟻《あり》の巣の近くに埋めて顔だけ出して、顔に蜂蜜《はちみつ》を塗りたくってやりたいくらい気に入らねぇ」

「それ、もう拷問《ごうもん》じゃないですかね……？」

何言ってんだこいつ。拷問《ごうもん》ってのは、もっとあれだろ？　爪を剥《は》がしたりとか、そういうやつだ。

俺なんて生温《なまぬる》いもんだろ。こんなにうぜぇと思ってるのに、この対応は慈愛《じあい》に満ち溢れてるレベルだ。

「まぁ、てめぇをぶっ飛ばすことは決定してるんだがな。冷静になって考えてみれば、お前の言うこと全部が間違ってるとも思わなかった」

「なるほど、つまり僕と一緒に行動をぐへっ！」

殴った。有無を言わさず殴った。こいつは本当に今の自分の立場とか、そういうのが分かってねぇなぁ……。

あれだ、人を煽《あお》る天才とかじゃねぇか？　それはそれで使い道があるのか？　だがまぁ、顔とかで上手いことやれてるんだろう。そこだけは羨ましい気もする。

「あの、いきなり人を殴るのはどうかと思うのですが……」

「もう一発いっとくか？」

「いえ、話を続けましょう」

物分かりのいい奴だ。だが、もちろん殴っておいた。恨《うら》めしそうな目で見ているが、気分をへこませておいたほうが後で扱いやすくなるだろう。

「で、まぁそういうことでだな。俺もまだどうするか決めたわけじゃねぇし、てめぇの話も聞いて、より良い案を出してぇってことだ」

「ふふ、僕が考えた以上の案なんて。いえ、すみません。振り上げた手を下ろしてください」

「本当に懲《こ》りねぇな。一つだけ確認しておくぞ。それ次第では、俺はマジでてめぇを埋める」

「どちらにしろ埋めるつもりだったんじゃ……」

「茶化してんじゃねぇぞ」

俺は、コウヤを真っ直ぐ見た。コウヤも同じように俺の目をじっと見ている。

少し経つと、コウヤは頷いた。どうやら、本気だってのが分かったんだろう。

「で、質問はなんですか？」

「てめぇは本当に精霊を助けたいのかってことだ」

きょとんとしたコウヤは、何言ってんだこいつと言わんばかりの表情で俺を見ている。

俺が手を振り上げると、すぐにその顔をやめた。こいつの扱い方が分かってきたな。

こいつは自分が絶対正しいと勘違いしている、勘違い坊ちゃんだ。これからは坊ちゃんと呼んでやろう。

「まぁそうですね。助けないと世界がどうなるか分かりませんから。精霊を助けたいというのは本心です。ですが、利用するのを悪いとは思っていませんよ」

「俺が聞きたいのはそういうことじゃねぇ。こいつらのことが好きかどうかってことだ」

俺にとって、それは一番大事なことだった。チビ共を嫌いな奴を信用できるわけがねぇ。

チビ共が好きってのは、絶対に必要な条件だった。

坊ちゃんは少し考えた後、苦笑いをしつつ答えた。

「まぁこんな愛くるしい姿の精霊を嫌いになるほど、腐《くさ》ってはいませんよ」

「……なら、十分だ。坊ちゃんとは考え方は違うが、俺たちの目的は一致しているってわけだ」

「僕が考え方を変えるとでも？　いえ、それより坊ちゃんって僕のことですか？」

はっ。まぁ俺は元々自分一人で何かできるとは思ってねぇからな。

こいつは馬鹿だが、頭は回るタイプだろう。なら、上手いこと使えば力になるはずだ。

こいつの使い方によっては、精霊解放軍に狙われる理由もなくなる。こっちには王族もいるから王国も味方だ。あれ、これってかなりいいんじゃねぇか？

俺は自分の考えに、ついニヤニヤと笑ってしまった。

「おい、僕の足を見てニヤニヤするのはやめろ」

「リルリの足を見るなら、ゴボウを見てるほうがマシだろうが」

「お前、僕に喧嘩を売っているのか？」

「なんでいきなりイチャイチャしているのですか？　それよりも、坊ちゃんって僕のことじゃないですよね？」

俺は坊ちゃんに裏拳《うらけん》をかました。一発ＫＯだ。そのまま倒れ込んで気絶した。

ったくよぉ、俺がイチャイチャするわけがねぇだろうが。それにこういう話題をするとだなぁ……ほら、案の定じゃねぇか。後ろで姉妹が恐ろしい顔をしてやがる。

もしかしてあれか？　この坊ちゃんって空気が読めないんじゃねぇか？

やっぱり埋めておくべきだったな……。

改めて地図を見て目的地をチビ共に確認した結果、北の湿地帯にある湖に向かうことになった。

北は寒くて湿地帯が多く家を建《た》てづらいためか、あまり人が住んでいないらしい。そのせいで途中に町もなく、真っ直ぐ目的地に向かわないといけねぇ。当分は野宿だな。

俺たちはいつも通り、夕方くらいに野営地を決めて馬車を停めた。

さて、周囲を調べたら飯の支度でもするか。

「野宿ですか。まぁ北に向かうのなら仕方ないですね」

坊ちゃんは、相変わらず偉そうにしている。やっぱ、こいつは自分の立場が分かってねぇ。しかも、いつの間にか黒装束から白っぽい服に着替えてやがる。なんでだ？

「おいアマ公。俺は周囲を見てくるから、坊ちゃんが逃げようとしたら埋めていいぞ」

「分かった。逃げてもいいぞ、坊ちゃん」

「なんでそんなに埋めることにこだわっているのですか⁉　後、坊ちゃんはやめてください！」

坊ちゃんのくだらねぇ冗談は無視する。

今日はグス公が飯を作るというので、俺はリルリと周囲の見回りに向かった。

基本的に視界のいいところに馬車を停めているから、何もねぇのは見て分かるんだけどな。

ちなみにチビ共にも頼んで、周囲を調べてもらっている。ついでに坊ちゃんが何かしたときにも、チビ共から連絡が来る手筈《てはず》だ。

連絡の伝達に関しては、かなり手慣れたもんだ。最近ではチビ共の中でも役割が決まっているらしく、軍隊のようなポーズでごっこ遊びまでしてるみてぇだ。

周囲を見回っていると、さっきまで黙っていたリルリが、馬車から離れたことを確認してから俺に話しかけてきた。

「おい零。あいつをどうするつもりだ？」

「あぁ？　坊ちゃんのことか？」

「そうだ。精霊解放軍に対する人質にでも使うんだろ？」

「いや、そういう考えがないこともねぇがな。基本は、あいつに協力してもらいてぇんだよ」

「協力？　精霊のためにか？　僕は、あいつが協力するような奴だとは思わないが……」

まぁリルリの言うことも分かる。

でも、あいつは『精霊に愛されし者』だ。つまりは俺と同じ存在。

ってことはだ、精霊の半分はあいつ側に味方するんじゃねぇか？　俺は精霊解放軍よりも、それを一番危惧《きぐ》していた。

もしそうだとしたら、あいつらに管理されるほうが今よりマシだって考えてるチビ共がいるってことだ。それは、なんかすげぇ悲しい気がする。……俺は、そうなることが嫌だった。

まぁ最初はそんなつもりはなかったけどな。でも簡単に捕まってる坊ちゃんを見て、考えが変わった。案外抜けてて、悪い奴じゃねぇのかもしれないってな。

「まぁ短ければ水の大精霊までだ。それまでは俺の我がままに付き合ってくれや」

「僕はあいつに気を許すつもりはない」

「それでいいさ」

その時、馬車を停めた場所から何か言い合っている声が聞こえた。

あの野郎、いきなり仕出《しで》かしやがったか！

俺とリルリは顔を見合わせ、急いでグス公たちのいる場所へ戻った。

第十八話　お前よく料理すんのか？

くそっ、油断していた。グス公はともかく、アマ公とチビ共の見張りがあるのに何かが起こるとは思っていなかったからな。

薄暗くなった中を急いで戻った俺とリルリは、火の近くに三つの人影を見つけた。

すでに喧騒《けんそう》の音は聞こえない。間に合わなかったか⁉

「おい！　グス公！　アマ公！　無事か⁉」

そこで見たのは、崩れ落ちるように地面を見ているグス公とアマ公だ。

こいつ、一体何をしやがった！

俺が飛びかかろうとした、そのときだった。

「ですから、僕は料理がわりと得意なんですよ。グレイスさんはまぁ、最低限のことはギリギリできるのでいいとしても、アマリスさんは一から覚えたほうがいいのではないですか？」

「ぐっ、騎士に料理などは……」

「零さんといい、この坊ちゃんといい。なんで料理が上手なんですか⁉　女三人もいて、リルリ以外全滅ですよ！」

俺は話が聞こえきて立ち止まった。ちなみにリルリは止まらなかった。

まぁいいかと思ったので、あえてリルリを止めなかったんだけどな。

「おや、二人とも戻ってきたのですか。何かありました……げはっ‼　なんで僕はいきなり蹴られたのですか⁉」

「落ち着けリルリ。蹴ってもいいから落ち着け」

「止めるんなら、蹴るのも止めてくれませんかね⁉」

　仕方なく、俺はリルリを羽交《はが》い締めにした。リルリは「もう一発だけ」とか言っていたが、ひとまず無視だ。

　……さて、一体どういうことだ？

「で、さっき争ってる声が聞こえたんだけどな。ありゃ、なんだったんだ？」

「いてでて……。あぁ、そのことですか。いえ、グレイスさんが料理をしようとしていたのですよ。で、アマリスさんが手伝おうとしたのですが、お上手とは言えなかったもので口を出しましたら……」

「出したら？」

「ならお前がやってみろ、と。それでやってみましたら、こうなりました」

「分かった。てめぇが悪い」

「悪くないですよね⁉」

　なるほどな。だからチビ共は落ち着いていたのか。何かあったなら、大騒ぎで俺に教えてくれるはずだからな。

　やれやれ、俺はこの坊ちゃんを気にしすぎてるのか？

「そんなにへこむなよアマ公。騎士に料理の腕はいらねぇんだろ？」

「そ、その通りだ……。ちなみに零、お前は料理ができる女とできない女。どちらがいいと思う？」

「あぁ？　そんなんどっちでもいいんじゃねぇか？　だけどまぁ……」

「だけどなんですか⁉」

いや、なんでグス公まで食いついてきてんだ。それに坊ちゃんは、何をニヤニヤしてやがるんだ？　とりあえず俺は、坊ちゃんに軽く蹴りを入れておいた。

「まぁ飯とか作ってくれるとだな。手料理ってやつだし、やっぱり嬉しいんじゃねぇか？」

「リルリ。騎士は外に出ることも多い。料理を覚えておいて損《そん》はないだろう。時間のあるときに教えてくれ」

「リルリ！　私もこれからはもっとしっかりお願いします！」

なんなんだこいつらは。俺はただ一般論を言ったつもりなんだが……。女ってのは分かんねぇなぁ。

でもまぁなんだ、できないよりはできたほうがいいだろ。グス公の最初のトンデモ料理を考えれば、素直にそう思う。

それにしても、坊ちゃんにこんな特技があったとはな。

「おい坊ちゃん。お前よく料理すんのか？」

「坊ちゃんじゃありません。まぁ料理が得意ですと、女性受けがいいですからね。家事は大抵できますよ」

うん、やっぱりこいつはブレねぇな。

その後、みんなで飯を食ったんだが、本当にうまかった。リルリがやばいって顔をするくらいにはうまかった。いや、リルリの料理もうめぇんだけどな？

そう言ってフォローしたら、俺はリルリに殴られた。納得いかねぇ。

……とりあえず、後は寝るだけだ。

俺は坊ちゃんを縄で縛って、縄の端《はし》っこを俺の腕につけておいた。これで逃げようとしたら、俺の腕が引っ張られるってわけだ。

「零さん、僕は逃げるつもりはないのですが……」

「じゃぁ縄解いてやってもいいぞ。その代わり埋める」

「縄でいいです」

俺とアマ公とリルリは交代で火の番をした。グス公は絶対に起きてられねぇから、寝かせた。いつも通りだ。ちなみに坊ちゃんは、文句言ったくせに普通に寝てやがる。案外図《ず》太《ぶと》い奴だ。

火の番をアマ公に任せて寝ていたとき、問題が起こった。

「零！　起きろ！　坊ちゃんが逃げたぞ！」

「あぁ？　縄で縛ってあるのにどうやったんだ」

「何を落ち着いている！　その、用を足したいと言うから私が外してやったんだ。すまない、失態《しったい》だった」

「そうかそうか。で、今どこにいるんだ？」

「くっ、すまない。見失ってしまって……」

まぁそうか。というか、そんなに離れられねぇからな。

騒ぎで起きたグス公は、目をこすりながら寝ぼけている。リルリはしゃきっとしていた。

こいつ本当に寝てたのか？

とりあえず俺とリルリは、木に仕掛けておいた黒いワイヤーを掴《つか》んだ。

「どうせ大して遠くまで行ってねぇだろ。おう、引っ張るぞ」

「手を切らないようにな」

「お前たち、なんだそれは？」

アマ公の質問には答えず、俺はワイヤーを思いっきり引っ張った。お、手応《てごた》えあったな。

俺はそのままワイヤーをずるずると引っ張る。すると、向こうの方から、足をなんとかしようとしながら引きずられてくる坊ちゃんの姿が見えた。

「なんですか⁉　このワイヤーいつの間に僕の足につけたのですか⁉　いえ、それよりもなんで逃げるのが分かったのですか！」

「いや、一応保険でつけておいたんだ。リルリの読みが大当たりだったな」

「だから僕は、こいつは信用できないって言っただろ？」

確かにリルリの言った通りだ。先にバレないように黒いワイヤーをつけておいてよかった。ちなみに黒いワイヤーはチビ共が用意してくれた。どうやって用意したかは分からねぇ。

まぁともかく、ワイヤーは木に縛りつけてあったから、坊ちゃんは遠くまで逃げることができなかったってわけだ。

……さて、それじゃぁ後やることは一つだな。

「おい、リルリ」

「もう準備しておいたぞ」

「待ってくれませんか？　いや、本当に二人とも待ってくれ。その穴はなんだい？　いや、だから待ってくれって！」

俺とリルリは、無言で坊ちゃんを穴に蹴り落とした。で、土をかける。そりゃもう、ばっさばっさとな。

「頼む！　やめてくれ！　おいやめろ！　もう逃げない！　やめろって言っているだろ！」

「私も手伝おう」

「おう、アマ公はそっちから頼むわ」

「聞けって！」

俺たちは坊ちゃんの言葉を完全に無視して、土をかけた。必死にもがいていたが、穴から出ようとしても蹴り落とされる以上、こいつに逃げ場はねぇ。

……よし、こんなもんだろ。俺は満足して汗を拭《ぬぐ》った。

「さすがにこれはないだろ！　本当に埋める奴がどこにいる！」

「ここにいるぞ」

「ふざけるな！」

ちっ。うるせぇ奴だ。本当に蜂蜜でもぶっかけてやるか？　でもそれは蜂蜜のほうが勿《もっ》体《たい》ねぇな。

そんなことを考えていると、だ。アマ公とリルリが水をぶっかけだした。こいつら容赦《ようしゃ》ねぇな。流石《さすが》の俺もドン引きだ。

坊ちゃんは息苦しいのか、咳こみながら抗議を続ける。

「おいやめろ！」

「やめろ？　お前、私を騙《だま》して逃げようとしたよな？」

「ち、違う！　あれはちょっと散歩をしようと……」

「水に雷はよく通るらしいぞ？　この間、零に教わってな。試《ため》してみるか？」

「すみません！　逃げようとしました！」

「許さん」

アマ公は容赦《ようしゃ》なく、雷魔法で電撃を流していた。威力はすげぇ抑えられているし、土に埋まってるから電流も分散するだろう。たぶん。

だが、やられたほうはたまったもんじゃねぇな……。

リルリは邪悪《じゃあく》な笑みを浮かべて、水をぶっかけてやがる。やべぇ。

流石《さすが》に止めに入ろうとしたんだが……。

「おい、何をビクビクしているんだ？　あぁ、私の魔法のせいか。はっはっはっは！」

「気絶しているのか？　僕が起こしてやろう。氷水で目も覚めるし体も濡れる。一石二鳥だな」

「やめ、本当にやめてください！　おねが、ぎひっ！」

うん、無理だな。

俺は寝ぼけているグス公を連れて、焚《た》き火《び》に戻る。そしてグス公を寝かしつけた。

それから毛布に包《くる》まって寝ようとしたんだが、時折聞こえる悲痛な声が耳に残りやがる。

トラウマになりそうだな……。

第十九話　無理だろうなぁ

次の日、俺が目を覚ますと、せっせと朝飯の用意をしている坊ちゃんがいた。

「あ、おはようございます零さん。で、なんなのですかあの人たちは⁉」

「おぉ……生きてたか」

「心配なら助けてくださいよ！」

ってても、逃げようとしたこいつが悪いわけだしなぁ。しかも、あいつらの中に割って入るとか無理じゃねぇか？　……うん、無理だ。

「大体……おはようございます、アマリスさん、リルリさん。朝食はもうすぐできます」

「あぁ、おはよう。悪いな、用意させて」

「いえいえ、こんなことでよければお任せください！」

「明日は僕がやるからいいよ」

「いえ！　毎日でも自分がやらせていただきます！　お二人はごゆっくりおやすみください！」

俺は見逃さなかった。あの二人が来た瞬間、坊ちゃんの目が変わったことを。どれだけ酷《ひど》い目にあったんだ……。完全に主人へ尻尾を振る犬みてぇになっている。

横に座っていたグス公は、事情が分からず不思議そうな顔をしながら、俺の袖《そで》を引っ張ってきた。

「零さん、あの人どうしたんですか？」

「聞かないでくれ……」

「はぁ……」

俺は適当に言葉を濁《にご》し、苦笑いをするしかなかった。

北へ北へと馬車を進ませること数日。

俺たちの目的地は、北のゼリ湖ってとこだ。かなり大きな湖らしい。

地図を見たチビ共は、そこを指差していた。だから、そこに水の大精霊がいるんだろう。

今、馬車の御者台には俺と坊ちゃんの二人がいる。便利なことに、坊ちゃんは馬も扱えた。これまではずっとリルリが御者台にいたが、ここ数日はリルリと坊ちゃんのどちらかがいる状態だ。

ちなみに、俺はまだ一人じゃやれねぇ。いざってときのために、二人のどっちかが一緒って感じだ。

坊ちゃんに馬が扱えることを聞いたとき、返答がひどかったのをよく覚えている。

『え？　だって白馬の王子様に女性は憧れるじゃないですか。僕は王子様っぽいですし、ぴったりですよね』

すぐ殴った。

こいつの原動力は、女にモテるかどうかしかねぇな。実際に顔がいいだけに、タチが悪《わり》い。もうちょっと、なんとかならねぇのか、こいつは……。

「ですから、世界は管理されるべきなのです。それにより、人も精霊も幸せになれるのですよ！　零さんだって分かっているでしょう？」

「だから、それはてめぇらの都合だろ。何より甘い蜜を吸いたいだけだろうが」

「世界を救って自分もメリットを得る！　何がいけないのですか！」

御者台では、いつもこんな話をしている。常に平行線だ。

この野郎は勘違い坊ちゃんだが、案外悪い奴じゃねぇ。話していて、それが分かってきた。

……だが、そうなるとなんで国家転覆とか狙ってたんだ？　そこには疑問が残る。

「そういやよぉ、なんでお前ら国を……」

「零さん、馬車を停めてください」

「あぁ？」

俺は坊ちゃんの言葉で、慌てて馬車を停めた。まだ馬の扱いに慣れてねぇから、後ろはすげぇ揺れたかもしれねぇ。まぁいいか。

「おい！　もっと優しく停めないか！　グレイスが頭をぶつけたぞ！」

「う、うぐぐ……痛いです」

「うるせぇシスコン馬鹿姉さんすいませんでした」

「反省の色がないぞ！　後、シスコンとはどういう意味だ？」

この世界で通じない言葉ってのは、非常に便利だ。最近それを学んだ。

お蔭《かげ》で悪口を言うときは、相手が知らないような言葉を選ぶことにしている。すげぇ面白《おもしれ》ぇ。

そんなやり取りをしていると、坊ちゃんはいきなり御者台から降りた。

俺は落ち着いて、坊ちゃんの足についているワイヤーを引っ張り上げる。もちろん、坊ちゃんは見事なまでにつんのめり、顔から地面にキスすることになった。まだ逃げようとしてたのか、こいつは。

「ぐげっ！　別に逃げようとしたのではないですからね⁉」

「ん？　ならなんで降りたんだ？」

「それを引っ張る前に聞いてもらえませんかね⁉　まったく……」

坊ちゃんは文句を言いながら、馬車の進行方向へと少し進みしゃがみ込んだ。何か地面を触ってるみてぇだが、何してんだ？

「やっぱりですか。ここからは馬車で進むのは厳しいですね」

「何かあったのか？」

「湿地ですよ。土が泥状《どろじょう》になっています。車輪がはまってしまったら、出すのも一苦労です。歩いて進んだほうがいいと思うのですが、どうしますか？」

さて、こいつは困ったな。こっから湖までどれくらいあるのかも分からねぇし、湿地帯を歩いて進むのだって労力がいるはずだ。

とりあえず俺は後ろの三人にもその旨《むね》を伝え、改めて相談することにした。

「で、どっか迂回《うかい》するとかは無理なのか？」

「ゼリ湖まではほぼ湿地のはずだ。迂回《うかい》は難しいだろうな。騎士団の訓練の一環でゼリ湖に行くから、よく知っている」

行ったことがあるだけあって、アマ公は詳しいな。だが迂回《うかい》できねぇってことは、この湿地帯を進むしかねぇのか。底なし沼みてぇのがあったらやべぇなぁ。

「必要な物だけ持って、歩いて行くしかないですかね」

「グレイス様は残ったほうがいいんじゃないか？」

「なんでですか⁉　行けますよ！　大丈夫です！」

「いや、でも厳しいんじゃ……」

確かにリルリの言うことも一理ある。体力のないグス公は確実に途中で脱落するだろう。で、周囲を見た感じでは、休めそうなところはどこにもねぇ。この先が当分湿地続きだっていうなら、グス公と誰かもう一人くらいは残るしかねぇな。

「零さんもリルリに言ってください！　もう昔の私じゃないって！　このくらい余裕ですよね？」

「無理だろうなぁ」

「ひどくないですか⁉　私はフォローをしてくださいって言ったんですよ⁉」

ぐずぐずグス公は、その後も折れることはなかった。仕方なく、俺たちはグス公を連れてくことにする。

ちなみに一番行きたがらなかったのは、坊ちゃんだ。服が汚れるからららしい。アマ公とリルリが坊ちゃんを泥《どろ》の中にぶち込もうとした結果、喜んでついて行くと意見を変えていた。哀《あわ》れな奴だ……。

馬車を安全な場所に動かし、俺たち五人は徒歩でこの湿地帯を越《こ》えることにした。

一歩一歩、泥に足をとられる。歩くだけで一苦労だ。

進む、埋まる、抜く、進む。男の俺でも体力がごりごり減っていく。

アマ公は流石《さすが》に慣れているらしく、てこずってはいるが上手く歩いていた。

坊ちゃんも文句を言っていたわりには、普通に進んでいる。

リルリはメイド服の下に、作業着みたいなズボンを穿《は》いていた。いざというときのために用意をしておくのは、メイドの嗜《たしな》みらしい。メイドってのがなんなのかが、俺はどんどん分からなくなっている。

……言うまでもないが、グス公はくたばっていた。ぜぇぜぇ言いながら、顔を真っ赤にして歩いている。茹《ゆ》でダコみてぇになってやがるな。

一応、荷物は俺が持ってやってる。それでもグス公はいっぱいいっぱいだ。本当は今からでも戻らせてぇとこなんだが、あんだけ必死に文句も言わずに歩いてるのを見たらなぁ……。戻れとか言えねぇ。

俺は少しでもグス公を休ませてやりたくて、休める場所を探したりもしてるんだが、そんな場所はまるでない。

だがあのままじゃ、グス公は確実に顔から泥にダイブだ。全身泥パックのグス公ができ上がるのは時間の問題だった。

そのときだ、アマ公が先を指差した。

「おい、あそこだけ盛《も》り上がっていないか？」

「確かに。あそこなら休めそうですね。グレイスさん、手を貸しましょう」

坊ちゃんは爽《さわ》やかな顔でグス公に手を差し出した。こういうとこは気が利《き》くよなぁ。

だがグス公はその手をぶっ叩いた。ひでぇ。

しかも、そのまま俺の方を睨みつけてきやがった。俺は何もしてねぇだろ⁉

「零さん！　あそこまで手を貸してください！」

「お、おう？　いや、いいけどよ。今坊ちゃんが……」

「ありがとうございます！」

グス公は手を借りるどころか、俺にしがみついてきた。重い、さすがにふらつく。まぁ、それくらいグス公の体力は限界なのかもしれねぇ。

俺はグス公を支えてやるくらいのつもりで、休めそうな場所までなんとか連《つ》れて行くことにした。

「くっ、むぅ、ふっ！　よし上れた！　おぉ、ここなら少し休めそうだぞ」

「アマリス様、少し横に避けてもらえるか？　撥水性《はっすいせい》の高いシートを敷《し》くよ」

「はぁ、それがあれば濡れずに休めますね。僕も敷くのを手伝います」

俺がグス公を引っ張り上げてる間に、向こうはすでにシートを敷いてくつろぎムードだ。

遅れているのはグス公のせいだが、俺は文句を言うつもりはねぇ。グス公にしては頑張ったからな。……だが、グス公本人は気にしていた。

「す、すいません零さん。私が手を借りたせいで」

「あほか、気にしすぎだ。仲間だろうが」

「はい！　でもゆくゆくは……」

なんかぶつぶつ言っていたが、ゆくゆくってなんだ？　ゆくゆくに何かあるのか？

やっぱり人付き合いってやつは難しいもんだ。特に女ってのはよく分かんねぇな。

俺とグス公もなんとか上り、シートに座って一息つく。

すると、リルリが水を差し出してくれた。やっぱ、できたメイドだよな。

水を飲もうとした、そのときだ。

地面が揺れ出した。なんだ？　地震か？

第二十話　てめぇにも色々あんだろ

「おい、お前たち伏せろ！」

俺の言葉に、慌てて四人は地面へと伏せる。すげぇ揺れで、振り飛ばされそうだ。でも湿地の中じゃなくてよかった。そうだったとしたら、今頃全員泥だらけになってただろう。

俺の隣にいる坊ちゃんは、苦笑しながら俺のほうを向く。

「これは揺れがひどいですね。地面にしがみついていないと、足場から振り落とされそうです」

「ぶつくさ言ってる暇があったら、大人しく掴《つか》まってろ！……いや、坊ちゃん。てめぇ今なんて言った？」

「はい？　足場から振り落とされそうです、と言いましたけど？」

そう、その言葉に違和感を覚えた。振り落とされる？　何かおかしくねぇか？

俺は周囲をしっかりと見回した。伏せて地面を見たままだったら気づかなかっただろう。

だが、周りの景色を見ればすぐに分かった。

「おい、これ動いてねぇか？」

「地震なんだから、動くのは当たり前だろボケナス！」

「そうじゃねぇ！　足場が移動してるって言ってんだ！」

リルリに言い返した俺の言葉を聞いて、全員が周囲を見回す。そして皆が気づいた。俺たちの乗っている足場が、高速で移動をしていることにだ。

呆然としていると、足場が一際《ひときわ》大きく跳ねる。なすすべもなく、俺たちは全員湿地帯に投げ出された。

「なんなんですか⁉　もう、全身泥だらけじゃないですか！」

「落ち着けグレイス！　今はそれどころじゃない、体勢を立て直すんだ！」

慌てていたグス公も、アマ公の言葉でハッとする。

そう、泥だらけになった俺たちの前にいたのは、でっかい蛇だ。

「どうやら、俺らはでっけぇ蛇の上にいたみてぇだな」

「くそっ。だが全身に泥が纏《まと》わりついて、これでは身動きがとれんぞ！」

「ははは。蛇に睨まれた蛙状態ですね。って、ちょっと違いま……ぐげっ⁉」

俺とアマ公は、無言で坊ちゃんを殴り飛ばした。坊ちゃんはさらに泥まみれになり文句を言っているが、相手をしている暇はねぇ。

身動きはとれねぇし、蛇は俺らのことをガッツリ見据えている。逃げることはできねぇ。

俺はなんとか鉄パイプを構えたが、足を動かせない。完全に泥に埋まってやがる。

どうするか考えていると、アマ公の声が響いた。

「零！　目の前は森だ！　湖も近い！　そっちに抜ければ、逃げ切れる可能性がある！」

「森はかなり遠かったはずだが……。こいつが移動したお蔭《かげ》で、目の前まで来られたってわけか。怪我の功名《こうみょう》ってやつだな。全員走れるか！」

「無理です――……」

「よし、じゃぁ走るぞ！　……っておい！」

速攻で泣き言を言ったのは、グス公だった。どうやら落ち方が悪かったらしく、ずっぽり体が泥に埋まっている。あれじゃぁ動けねぇ。

くそっ、どうする。何か手は……。

「リルリさん、あいつを凍らせてもらえますか？」

「この勘違い坊ちゃんは……。凍らせたって、あの大きさじゃすぐに動き出すぞ！　もうちょっと頭を使え！」

「まぁ物は試しと言いますし、やってみてもらえませんか？」

「あぁもう！　時間稼ぎは必要か！　僕がこいつを止める！　その間に零とアマリス様はグレイス様を助けろ！」

「了解だ！」

俺とアマ公はすぐさま駆け出した。いや、駆け出すっていっても、ずっぽずっぽと音を立てながら少しずつ進んでるだけなんだけどな。

だがそれでも、今はグス公を助けないといけねぇ。リルリが時間を稼いでくれている間に、なんとかしねぇと……！

「凍れ！」

「はい」

リルリが両手を蛇に向け、氷の魔法を放とうとしたときだ。

俺は、しっかりと見た。坊ちゃんの手が、リルリの肩にポンッと触ったことを。

ただ、それだけのことだ。だが次の瞬間、目の前にいた蛇は丸々氷漬けになっていた。

「え？　なんで？　え？　僕は普通の魔法を……」

「さすがリルリさんですね！　一撃であんな蛇を仕留めてしまうなんて！」

坊ちゃんは盛大にリルリを誉《ほ》めている。

だが、俺は見たんだ。さっき坊ちゃんがしたことを。

……つまり、そういうことだろう。

このとき、俺は自分の予想が当たっていたことが分かった。坊ちゃんは知ってたんだろうな。

坊ちゃんを見ると、俺の方を見てにやりと笑った。あの野郎……。

「おい！　てめぇら逃げろ！」

「ふふん。零さん何を言っているのですか？　蛇はもう倒しましたよ？　僕と！　リルリさんが！」

「いいから逃げろ！　落ちてくるぞ！」

リルリはその言葉で状況を理解し、その場から慌てて離れた。

だが坊ちゃんはなんのことだが分かっていないらしく、不思議そうな顔をしている。

俺は坊ちゃんの方に近づき、無理やり引っ張ってその場から動かした。

「ちょ、零さん痛いですよ！　なんですか？　僕が活躍したことが妬《ねた》ましいのですか⁉

いや、気持ちは分かりますけど、もうちょっとお手柔らかにですね」

「うるせぇ！　くそっ、間に合わねぇ。伏せるぞ！」

「伏せる⁉　泥にですか⁉　嫌ですよ！」

その瞬間、氷漬けになった蛇が崩れた。そして、俺と坊ちゃんの周囲に落ちてくる。

やべぇ！

覚悟を決めた直後、伏せた俺と坊ちゃんの上を雷と炎が奔《はし》った。そして頭上に降ってくる氷の塊を吹き飛ばしていく。

「零さん大丈夫ですか！　後《あと》オマケ！」

「やれやれ、私とグレイスの魔法が間に合ってよかった。感謝しろよ、オマケ」

「坊ちゃんとかオマケとか、僕をなんだと思ってるのですか⁉　……ですが、まぁ感謝はします。助かりました、ありがとうございます」

坊ちゃんはぶつぶつ言っていたが、素直に感謝していることは顔で分かった。

ったくよぉ、間一髪ってやつだったな。

俺たち五人は泥だらけの体をなんとか引きずって、湿地帯を抜けた。そして木々の生える森に辿《たど》り着く。おぉ、足場があんぞ。すげぇ、ビバ足場ってやつだ。

一日荷物を下ろして、グス公、アマ公、リルリに水魔法を使ってもらい、一通り泥を落とす。全身びっしょりだが、泥だらけよりはマシだ。

俺たちは少しだけ先に進み、開けた場所で今日は休むことにした。まずは服を乾かさないといけねぇからな。

焚《た》き火《び》をおこして火に当たりながら、荷物を確認する。幸い、中は濡れたり汚れたりはしていなかった。まぁ、荷物が泥についたのは、蛇に投げ出された直後だけだったからな。

全員着替えて、濡れた服を火の近くで乾かす。

女性陣は、こっちから見えないようにして服を乾かしているようだ。まぁ隠したいもんもあるだろうからな。

あー、火に当たってると、体が温まるな。

ふと辺りを見回すと、リルリだけなんか様子がおかしい。難しい顔をしながら思い悩んでいるみてぇだった。

一人で悩んでも仕方ないと思ったのか、考えがまとまったのかは分からねぇ。だが、リルリはその疑問を俺たちに投げかけてきた。

「それにしても……先程の魔法はなんだったんだ？　いつもじゃあり得ないほどの威力だった。あれはどう考えても僕だけの力じゃない」

「……とりあえず、気にしないでいいんじゃねぇか？」

「気にしないわけないだろ。あんなの異常だ！」

異常、か。確かにそうだな。とんでもねぇ威力だった。

ただし、異常なのはリルリじゃねぇ。異常なのは間違いなく……。

もう大体分かっていたとはいえ、まだもしかしたら……って、そんな気持ちがある。

水の大精霊と会うまでは、はっきりさせないままでいたい。

「リルリさん、水の大精霊に会えば分かりますよ。ねぇ、零さん？」

俺の気持ちを見抜いたのか、坊ちゃんはそんなことを言った。

もしかして俺に気を遣ってんのか？　案外いい奴じゃねぇか。

そう一瞬だけ思った。一瞬だけな。坊ちゃんはこっちを見てニヤニヤしていた。面白がってんだろう。結局こいつはこういう奴だ！

俺は坊ちゃんを殴ろうとして、止まった。

いや、待て。こいつだって同じ存在のはずだ。なのに、なんでこいつは平気なんだ？

俺とは違って知っていたからか？

もしかすると、こいつにも、今の俺と同じ葛藤《かっとう》があったのかもしれねぇ。そう思うと、殴ることはできなかった。

「あれ？　零さん？　殴らないのですか？」

「まぁ、てめぇにも色々あんだろ」

「やっと僕の凄さが分かってきたようですね！　どうです？　その調子で、精霊解放軍に……ぐはっ！」

やっぱり殴っておいた。くそっ！

さっさと水の大精霊に会って、色々はっきりさせちまおう。そうしたら、諦めがつくはずだ。

……諦め？　諦め、か……。

俺はその考えを振り払った。

チビ共でも撫《な》でて落ち着こうと思ったが、今、あいつらは俺の近くにいない。こんなことは初めてだった。

チビ共は、いつも俺が困ってるときに助けてくれた。俺が楽しいときは楽しんでくれた。

なのに、今は側《そば》にいねぇ。……つまり、そういうことだろう。俺一人で考えないといけねぇことなんだ、これは。

この陰鬱《いんうつ》とした気持ちを、水の大精霊と会うまでにしっかり纏《まと》めておかないといけねぇ。

俺が、どうしたいかってやつだ。

だが、その日は考えが纏《まと》まらないまま、俺は横になった。

第二十一話　まぁ二割冗談だ

次の日は森を進んでいた。

俺は先頭に立ち、鉈《なた》でばっさばっさと草木や枝を切って道を作る。本当に便利だ。しっかり研《と》いでおいて、色んなことに使いてぇな。

さて……もうすぐ湖が見えてくるはずだ。

地図の通り、目的地に向けて真っ直ぐ進んだ。若干水っぽい匂いもしてきたし、間違いねぇだろう。

昨日はほとんど寝てねぇ。考えが纏《まと》まらなかったからだ。

自分が何者かを知れ、か。分かっちまうと、やっぱりショックがでけぇな。

坊ちゃんはどうやって知ったんだ？　先人のなんたらってやつだ、参考までに聞いてみるのもいいかもしれねぇ。いや、でも自分で考えないといけねぇことか？　難しい問題だ。

結局坊ちゃんに聞くこともできず、頭の中がこんがらがったまま目的地に辿《たど》り着いてしまった。

「零さん！　湖ですよ！　やっと着いたんです。これで思う存分、体を流せます。やりました！」

「おう、ここのどっかに水の大精霊ってやつがいるわけか。会う前に体を綺麗にするってのは悪くねぇかもな」

グス公のテンションに若干ついていけてない感じはあったが、素直に嬉しい気持ちはあった。

こんなにでけぇ湖は見たことがなかったからな。すげぇ綺麗だ。癒《いや》されるっていうのか？　見てるだけで、心が少しだけ落ち着いてくる。

「危険はなさそうだな。とりあえず、女性陣はあっちの陰で体を流すことにしよう。覗《のぞ》くなよ？」

「僕でよければお手伝いしましょうか？　いえ、冗談です。ですから、剣を喉元《のどもと》から引いていただきたいのですが……」

相変わらずのやり取りだ。

この坊ちゃんは、自分が女にモテることが分かってて、こういうことをする。つっても、この三人には通用しねぇ。それも理解しているはずなのに、懲《こ》りずにやる。……つまり、救いようのねぇ馬鹿ってことだ。

まぁ、軽い女はこういうのにホイホイついていくんだろうなぁ。


三人は俺たちから離れて、体を流しに行った。

俺たちも湖で体を流し始める。

そうか、今なら俺とこいつしかいねぇ。聞くなら今がいいかもしれねぇな。

「おい、坊ちゃん」

「覗《のぞ》きですか？　ここは木陰も多いですし、案外上手く行くかもしれませんね」

「違《ちげ》ぇよ！　ぶっ飛ばすぞ！　……俺が聞きてぇのは、てめぇが自分のことを知ったときのことだ。どう思ったんだ？」

「あぁ、何か悩んでいると思ったらそっちでしたか。てっきり覗《のぞ》きの方法かと」

俺は当然坊ちゃんを殴った。殴られた坊ちゃんはぶつぶつ言っていたが、その後は真面目に考え出す。どう伝えればいいかを迷っているようにも見えた。

「僕は悩みませんでしたね。むしろ光栄に思いました。だって、世界で五人しかいないんですよ？　いえ、零さんも入れれば六人ですか」

「なんか、こう葛藤とかよぉ」

「あぁ、つまり零さんは嫌なんですね。自分がそうであったことが」

嫌だった。そう言われると、違う気がする。決して嫌なわけじゃねぇからだ。

ただ、なんかこうモヤモヤとな……。

「零さんは精霊を救いたいと言っていましたよね？　救いたいのに、嫌なんですか？」

「……嫌じゃねぇよ。てめぇは本当に性格が悪《わり》ぃな。ただ、それをどう受け止めたらいいかが分からねぇっていうかな」

坊ちゃんは、俺をジッと見る。そして初めて会ったときと同じように、嫌な目で笑った。

俺の考えが見透《みす》かされてるみてぇで、胸が少しだけ締めつけられるような感じがする。

「もしかしたら、自分はそうじゃないかもしれない。そう思ってるのですよね？　違いますか？　その程度の気持ちで、僕を説得しようとしていたんですか？　滑稽《こっけい》ですね」

俺は何も言い返せなかった。全部が全部、こいつの言う通りだとは思わねぇ。

でも、もしかしたらって、思ってしまっているところもある。

俺は坊ちゃんに何も返答できないまま、湖から上がって服を着る。

そして湖から少し離れたところに座って、じっくり考え込んでいた。考えようとしても、頭は働かなかったけどな。

そこに三人が戻ってきた。

三人とも髪がしっとりと濡れている。すっきりした顔をしてるな。

「おい、僕をジロジロ見るのはやめろ。訴えるぞ」

「あぁ、悪《わり》ぃ」

リルリだけを見ていたつもりはねぇんだが、つい凝視《ぎょうし》しちまっていたらしい。確かに文句を言われてもしょうがねぇな。

そんな俺を見て、リルリだけじゃなく他の二人もぎょっとした顔をした。

なんだ？　俺になんかついてるのか？

「ぜ、零さん具合でも悪いんですか!?　いつもなら、『てめぇなんか見てねぇよ、殺すぞ豆粒』とか言うじゃないですか!?　もしかして本当にリルリを見ていたんですか!?　見るなら私だけにしておいてください！」

「グレイス様、落ちついて。零だって男なんだからしょうがないよ」

「なんでリルリは誇らしげなんですか!?　怒りますよ！」

こいつらは……。俺は突っ込む気力もなく、ため息をついた。

そんな俺の横にアマ公が座る。そういやこいつ、さっきも騒いでいなかったな。珍しい。

「どうした零。ため息とは珍しいな。私でよければ悩みを聞いてやるぞ」

「てめぇ誰だ！　おい！　お前らアマ公をどこに忘れてきやがった！」

「これは一大事ですね。零さん、僕は先程三人がいた辺りを調べてきます。リルリさんは周囲を探索してもらえますか？　グレイスさんは、このアマリスさんの偽者を調べてください」

「お前らひどくないか⁉　特に坊ちゃん！　お前は後で覚えておけよ！」

ふむ、この言い方からして、どうやらこいつは本物のアマ公らしい。

まさかこいつが俺に気を遣う日が来るとはな。もしかして、俺はそんなにひでぇ顔をしていたのか？

……駄目だな、こいつらの前でシケた面《つら》してるわけにはいかねぇ。

「まぁ二割冗談だ。気にするなアマ公。……うっし！　じゃぁ水の大精霊ってやつを探すか！」

「二割⁉　おい！　残り八割はなんだ⁉　本気なのか⁉」

当然俺はアマ公の台詞《せりふ》をガン無視した。それに倣《なら》うように他の三人も無視する。ちなみに坊ちゃんだけアマ公に殴られた。まぁ坊ちゃんが犠牲になったことは日常だからどうでもいい。

俺はチビ共に水の大精霊の居場所を聞くことにした。

「おい、水の大精霊ってのはどこにいるんだ？　この湖の辺りにいるのか？」

チビ共は真っ直ぐに湖を指差した。いや、まぁそんな気はしてたんだけどな……。

船とかねぇか？　ねぇなら作るか？　いや、それとも泳いで向かうか？

そんなことを考えていたとき、俺たちの目の前に水柱が勢いよく噴《ふ》き上がった。そして中から、水を纏《まと》った青髪の美女が現れた。

俺たちは、その幻想的ともいえる姿に一瞬で心を奪われた。言葉一つ出すことができねぇ。

「……よく来たな。妾《わらわ》が水の大精霊だ」

「すごい、綺麗……」

グス公がなんとか出した言葉以外に、俺たちはなんの感想も出てこなかった。それ以外に形容できる言葉がなかったからだ。

何を言えばいいか分からねぇ。そのせいもあってか、グス公たち四人は俺を見た。俺になんとかしろってことだろう。

いや、待ってくれ。流石《さすが》に俺もこんな美女相手に何を言えばいいかなんて……。

そのとき、女性陣三人が坊ちゃんを前に押し出した。

「坊ちゃん、こういうのはお前の担当だ。僕たちはとりあえず雫が落ち着くまで待つから、話を繋げ」

「え、ちょ、待ってください。リルリさん無茶振りです、ひどすぎます！　こんな絶世の美女に何を言えばいいんですか!?」

どうやら坊ちゃんも、水の大精霊の存在に完全に呑まれているらしい。

俺も口を開くことすらできねぇ。だが、不思議とその姿から目が離せなかった。

そんな俺たちの事情なんてお構いなしに、先に口を開いたのは水の大精霊だった。

「すでに三人の大精霊に会ったようだな。二人よ、答えは出たか？」

「ぼ、僕の答えは決まっています。精霊を救うために、しっかりと精霊と人間を管理します。そうすることで、世界の魔力の乱れを正すつもりです！」

「なるほど、それも答えの一つだろう」

坊ちゃんの答えは前と変わらないもので、揺るぎなかった。

水の大精霊は坊ちゃんへ頷き、俺を見る。

俺の答えを促しているのだ。だが考えが纏《まと》まっていないだけでなく、その姿を見てるだけでドキドキして、落ち着いて話すことすらできねぇ。

そんな俺の戸惑いなど気にせずに、水の大精霊は俺の前へと来る。そして、俺の頬に優しく触れた。

「光の大精霊コウヤの答えは聞いた。ではお主の答えを聞こう。闇の大精霊、零よ」

……もしかしたら俺の勘違いかもしれねぇ、そんなことがあるわけねぇ。そう考えていた。

だからこそ、水の大精霊に会うまでに考えるって決めていたんだ。

……なのに、答えはまだ出ていない。

俺は人間でいたかったのかもしれねぇ。第二の生は、人として上手くやっていきたい、そんな風にな……。

だがそんな俺の気持ちなんて関係なく、現実は今、突きつけられた。

第二十二話　それが俺、か

「零さんが大精霊って……どう見ても人間じゃないですか。もう、そんな冗談笑えませんよ。ねぇ、零さん？」

「……」

俺は何も答えることができない。思い当たる点は多かったし、薄々気づいてもいた。けれど、今の俺にできることは、ただ俯《うつむ》いてみんなと目を合わせないことだけだ。

「おい零！　何か言え！　こんな戯《ざ》れ言《ごと》に付き合う必要はないだろう」

「その通りだ。僕たちがここに来たのは、精霊を救うためだろ？　こんな冗談を聞きに来たわけじゃない」

「……いいえ、零さんは間違いなく大精霊です。同じ大精霊である僕が保証します」

「「お前は黙ってろ」」

「え？　あの？　はい」

少しだけ坊ちゃんが不憫《ふびん》に思えた。

だが、坊ちゃんの言うことが事実だ。

何より水の大精霊が、そんなつまらねぇ嘘をつく必要がねぇ。つまり、事実がただ突きつけられただけなんだ。

「零さん！　黙ってないで何か言ってやってくださいよ！」

「う……」

「う？」

「うるせえええええええええええ！」

混乱している俺を左右からガンガン揺する三人と、なぜか面白そうに見ている水の大精霊に、俺は絶叫した。こんなことされたら、何も考えられねぇだろうが！

「一番混乱してんのは誰だ⁉　俺だろうが！　てめぇら少し黙ってろ！　それでなくてもこんな美女に近づかれて、ドキドキして落ち着かねぇんだよ！　少しは俺の気持ちも考えろや！」

「ドキドキ……」

あれ？　なんか澄んでいた空気がいきなり淀《よど》んだ気が……。

おい、三人とも俺の肩をそんなに強く掴《つか》むんじゃねぇ。いや、まじで痛《いて》ぇ。坊ちゃんもなんで恐る恐る離れてんだ！　特にグス公の目はやべぇぞ！

「零さん……」

「ふむ、妾《わらわ》が綺麗か。零に言われると嬉しいものがあるな。ふふふ、どうだ？　同じ大精霊同士、このまま一緒になるというのも悪くはないかもしれんな」

「なっ、からかってんじゃねぇよ……」

俺は水の大精霊から目を逸《そ》らした。顔が熱《あち》ぃ。くそっ、俺は照れてんのか？

次の瞬間、俺は三人に後ろへ突き飛ばされた。そして、俺の眼前にいた水の大精霊に向けて三人の魔法が炸裂《さくれつ》する。

こいつら何してんだ⁉

「お、おいお前ら何してんだ⁉　大精霊に攻撃って何考えてんだ⁉」

「攻撃？　違いますよ？」

「いや、どう考えても今魔法を……」

「このまま消滅させるんです」

「もっとやべぇだろ⁉」

三人は俺の制止なんて全然聞かずに、魔法を放ち続ける。

おい、これどうなんだ？　ってか、こいつらなんで攻撃してんだ⁉

俺と坊ちゃんが唖然《あぜん》としていると、ようやく魔法が収まった。三人はやり切った顔をし

ている。

だが、飛び散った水が一点に集まり始める。そして水塊《すいかい》が徐々に人を形作っていったかと思えば、次の瞬間には、水の大精霊が先程と同じように平然と立っていた。散った水が、水の大精霊を形成したのか。なんだこれ、すげぇな。

それを見た三人は、間髪《かんはつ》を容《い》れずに攻撃をしようとする。俺はそれを、今度はなんとか制止することに成功した。

「いいかお前ら、魔法は禁止だ！　落ち着いて離れてろ！」

「でも零さん！」

「禁止だ！」

「いや、水には雷が」

「黙ってろ！」

「凍らせて捨てよう」

「うるせぇ！」

三人は渋々《しぶしぶ》、後ろに下がった。こいつら本当に何を考えてやがるんだ。

とりあえず、これでやっと話に戻ることができる。俺は水の大精霊に向き直った。やっぱり綺麗でドキドキする。

「巨乳がそんなにいいか、僕が貧乳だから喧嘩を売ってるのか！」

「何も言ってねぇだろうが！」

「それじゃぁ年上が好きなんですか⁉」

「グス公も黙ってろ！」

「なら私だって年上だろ⁉」

俺は三人の頭を殴った。三人はもう一度後ろへ下がる。ったく、こいつらは一体なんなんだ……。

水の大精霊に話しかけようとしたところで、俺はちらりと後ろを窺《うかが》う。今度は大丈夫だろうな？

それを五回程繰り返し、やっとこいつらが動かないと確信したところで、話を続けることにした。

「おう、その悪かったな……です」

「ふっふっふ、雫はモテるな。妾《わらわ》は四番目でもいいぞ」

「いや、あいつらはそういうんじゃねぇから。ダチだダチ」

なぜか背筋がぞっとした。俺は怖くて後ろを見ることができねぇ。

誰か空気を変えてくれねぇか？　俺が今頼れるのはただ一人、坊ちゃんだけだ。

俺がちらりと坊ちゃんを見ると、任せてくれと言わんばかりに前に出た。

「水の大精霊、でしたら私と一緒になるのはどうでしょうか？　同じ大精霊ですし！」

「いや、お前は妾《わらわ》を見る目がいやらしいし、なんか嫌だ」

坊ちゃんは一瞬で撃墜《げきつい》された。そしてそのまま地面に突っ伏す。完全にノックアウトされやがった。こいつは女受けしそうな見た目だが、実際にモテてるところを一度も見たことがねぇ。本当にモテるのかが怪しくなってきた。

……だが、お蔭《かげ》で空気が変わった。これなら話を続けられそうだ。

「で、俺が大精霊ってのはマジなのか？」

「ふむ、そこの説明からいるようだな。まず光の大精霊とは世界を正《ただ》す者。この世界で死んだ人間の中から、最も適性の高い者が選ばれる」

それが坊ちゃんか。確かに頭が固そうで意地が悪いところもあるが、世界を正したいってのは間違ってねぇだろう。融通《ゆうずう》が利《き》かない感じもするがな。

「そして、闇の大精霊は世界を変革する者。よって、別世界で死んだ人間から選ばれる。それが零だ」

「変革？　どういうことだ？　後、俺と坊ちゃんがほとんど人間みてぇなのにも理由があるのか？」

「まず後者から答えよう。二人の見た目が人間である理由は、人として情勢を知り、決断させるためだ。人の姿をしているほうが、生活に溶け込みやすいからな」

「つまり人として生きて、大精霊としてどうすべきかを考えて決めろってことか」

水の大精霊は頷いた。正直ややこしい。俺は頭をフル回転させ、要点だけを纏《まと》める。

ただの精霊としてではなく、色々なことを見て決めさせたいんだろう。たぶん。

「そして変革だが、これは言葉の通りだ。元々この世界で生きてきた者は、この世界をより良くしよう、もしくは、正そうとするだろう。よって、もう一方は、この世界の常識にとらわれない者が選ばれた。この世界の事情に流されるのではなく、自分で決めて変革をする者だ」

「それが俺、か」

つまりこの世界をよく知っていて、世界を崩さぬままに正そうとするのが、光の大精霊。

そしてこの世界のことを知らず、これまでの事情や常識にとらわれずに変革するのが闇の大精霊。

世界を救う方法を決断するためには、色々知る必要がある。精霊より人間として動けるほうが、都合が良かった。だから、俺たちは大精霊でありながら人間みたいなもんだったわけか。

やっぱり、人間じゃねぇんだなぁ……。

俺はちらりと、黙っている四人を見た。

坊ちゃんは、だからどうしたと言わんばかりの顔だ。

残りの三人は、どう反応すればいいか分からないって感じだな。まぁそりゃそうか。俺

「さて、それでお前はどうする？　妾《わらわ》に聞きたいことがまだあるのであれば、答えよう」
だって分からねぇ。

「そう、だな……」

変革、か。俺はチビ共を助けてぇ。それには黒い石も、透明化した魔石も守らないとい
けねぇ。精霊だって守らないといけねぇし、人の生活だって乱せねぇ。
正直、魔力なんて全部この世界から捨てちまって、チビ共を解放してやればいいとも思
う。でも、それじゃたぶん駄目なんだ。
グス公たちと出会ってなければ、単純にチビ共を解放してただろう。で、この世界から
魔力をなくして終わりだ。別に人間は魔力なんてなくたって生きていける。それは俺のい
た世界が実証している。
……でも、この世界の自然とかの美しさはなんだ？　たぶん、魔力があるからじゃねぇ
のか？　なら、それはとても尊《とうと》いものだと思う。それを壊すことは、間違いだろう。
……俺の答え、か。

「決まらないか？」

「悪《わり》ぃな。なんとなく分かってはいるんだが、決めきれてねぇ」

「そうか。時間はないが、よく考えて決めるといい。光と闇の大精霊よ、旅の終着点はオ
ルフェン大陸中央。オルフェン城の地下だ」

「あぁ？　そこに何かあるのか？」

「祭壇です」

　そこで割って入ったのは、坊ちゃんだった。どうやらそこに何があるかを知っているらしい。

「祭壇だぁ？　そこで何をするんだ」

「祭壇は神に通じています。そこで大精霊の力を捧げるんです。僕は今、風の大精霊の力を持っています。これから水の大精霊の力を貰《もら》い受けるわけですね」

　坊ちゃんは、俺に自慢気《じまんげ》に黒い腕輪を見せてきた。そこには四つの穴が空《あ》いており、そのうちの一つには緑の石がはまっている。

　俺が鉄パイプを見せると、坊ちゃんの目がぱちくりとした。何度も鉄パイプを見て、目を擦《こす》っている。

「え？　三つ？　もう三つ揃《そろ》っているのですか？」

「おう」

「えええええええええ！　あ、僕を出し抜くためですか⁉　それで先になんとかしようと思っているんですね！」

「いや、どちらかが四つ揃っていれば問題ない。妾《わらわ》の力を受け取った後、二人で行けばいいだろう」

「だとよ」

「零さん、一生ついて行きます」

いや、それは誤解を招くから勘弁してくれ。

俺はやれやれと頭を掻《か》きながら、坊ちゃんに話の続きを促した。

「……それで、僕と零さんのどちらかが神に答えを提示します。そうすると、その答えを叶える力が手に入るらしいです」

「力？　どんな力だ」

「さぁ？　世界を正す力。僕はそう思っています。たぶん、思ったように正せるんじゃないですかね」

……いや、それじゃぁ変革と変わらなくねぇか？　それに神？　神ってあいつだよな？

俺は水の大精霊を見た。水の大精霊は、静かに、そしてゆっくりとその姿を薄めている。それは、世界に溶け込んでいくようにも見えた。

「祭壇で、答えを出すがいい。それで全てが決まる。後はお前たち次第だ」

水の大精霊が指先から光を出すと、俺の鉄パイプの最後の穴に青い石がはまる。そしてもう言うことはないと言わんばかりに、姿を消した。

「あ、あれ？　僕の腕輪は⁉　僕は石を貰《もら》っていませんよ⁉」

「どっちかが揃ってりゃいいって言ってたんだから、別にいいだろうが……」

「嫌ですよ！　水の大精霊さん？　水の大精霊さーん⁉」

坊ちゃんは叫びながら周囲をきょろきょろと探したが、水の大精霊が現れることはなかった。ご愁傷《しゅうしょう》さまって感じだ。

俺たちが言葉もなく湖を見ていると、そこに慌ただしい物音が聞こえてきた。

何かが俺たちに近づいてくる。敵か？

……身構える俺たちの前に現れたのは、見覚えのある奴だった。確か、アマ公の子分だったか？

「おい、何事だ！　父上の守護はどうした！」

「申し訳ありません。アマリス様からの伝文を見てこちらだと思い、急ぎ参りました」

「……何かあったのか」

「どうか落ち着いて聞いてください。城は……精霊解放軍の手に落ちました」

……どうやら、城に向かう理由が一つじゃなくなったみてぇだ。厄介なことになってきやがったぜ。

第二十三話　うだうだ言ってんじゃねぇ！

困ったことになった。俺たちがそう思っていると、坊ちゃんが震える唇で声を出した。

「ありえません」

そう言った坊ちゃんの顔は苦渋《くじゅう》に歪《ゆが》み、青ざめている。

そうか、こいつも精霊解放軍だったな。ってことは、城を陥落《かんらく》させるまでの時間を稼ぐため、俺たちについてきてたって見るべきだろう。

……だが、ありえないってのはどういうことだ？

そこに食ってかかったのは、アマ公だった。

「貴様！　何がありえないだ！　こうなることを知っていたのだろう！」

「ありえないって言ってるんです！」

「何がありえないと言うんだ！」

「分かってるんですか⁉　城を落としたんですよ⁉　そんなことをしたら、この先どうなるかなんて……」

どうなるか？　まぁ、城を取り戻すために、王家と、精霊解放軍に取り込まれてない一部の騎士たちは動き出すだろう。

だが、城さえ手に入れれば、精霊解放軍は祭壇を手中に収めることができる。そうなれば坊ちゃんの言っていた通りに世界を正し、人や精霊を支配下に置いて管理するのは簡単だろう。

普通に考えれば、当然とってもおかしくない手段だった。城の地下の祭壇を手に入れるために必要な……待てよ？　何かが引っかかる。

「だから何がありえないと言うのだ！　貴様の思い通りに事《こと》が進んでいい気分なのだろうな！」

「お姉さま、落ち着いてください」

「だから、ありえないんですってば！　今、城を落としてどうするんですか⁉　僕はここにいるんですよ⁉」

そうか、その通りだ。坊ちゃんと俺がここにいる以上、祭壇は機能しない。そこで何かを起こせるのは、俺とこいつだけだ。

なら、城を落とすタイミングが悪すぎる。

今、城を落としたらどうなるか……？

「まさか、戦争か？」

俺はポツリと言葉を漏らしていた。それを聞いて、ハッとしたように残り全員も顔を見合わせる。

そうだ、俺とこいつがいねぇってことは、精霊解放軍は城と祭壇を奪還《だっかん》されないように守らないといけねぇ。ってことは、城を取り戻そうとする奴らとの間で戦争になるはずだ。

だが、なんでだ？　城を落とすのは、坊ちゃんを待ってからでもよかったはずだ。あえて戦争を起こす必要はねぇ。何か、焦らないといけない理由があったのか？

「あなたたちにどう思われていようと関係ありません！　ですが、僕は世界を救いたいと思っているのです！　なのに、戦争をしてなんになるというのですか⁉　多くの人が、精霊が！　犠牲になるのですよ！　そんなことは間違っています！」

「あぁ、その通りだ。なんとかしねぇといけねぇな」

「なんとか⁉　どうするって言うのです！　止める方法でもあるのですか⁉」

「落ち着けって。まずは情報整理だろうが」

俺は憤《いきどお》る坊ちゃんを宥《なだ》める。納得はいかないようだが、一応落ち着いてはくれた。

他の奴らは、全員青い顔をしている。チビ共ですら、皆肩を寄せ合って沈んでいた。

俺一人冷静なのは、戦争というもんにピンと来ていないからだろう。どこかまだ、他人事みたいに戦争という言葉を受け止めている。

だが、むしろそれがよかった。全員が全員テンパってたら話にならねぇからな。

まずは情報整理だ。俺たちが情報を得られるのは、アマ公の部下だけ。こいつから聞くしかねぇ。

「おい、疲れてるとこ悪いんだけどよ。情報が欲しいんだ。事のあらましと今の状況を教えてくれ」

「はい。我々は副団長の命令通りに王都へ戻りました。王も副団長の命令と聞き、警護をお任せくださったのですが……」

「ですが、なんだ？　何があった！　父上はどうした！」

「落ち着けアマ公」

「これが落ち着いていられるか！」

アマ公の拳は震えていた。怒りかもしれねぇ、焦りかもしれねぇ、不安もあるだろう。いや、そういう色々なんだろうな。父親がやべぇことになってるんだ、当然だ。

俺はアマ公の手をそっと握った。それくらいしかやれることはねぇからだ。

「頼む、落ち着いてくれ」

アマ公は握りしめた拳を、ゆっくりと開く。そして俺の手を解いて、一歩下がった。

落ち着いてくれたとは思わねぇが、話を聞くために耐えてくれたんだろう。悪《わり》ぃな。

「で、それからどうした」

「数日ほど経った頃、モンスターが急に襲撃してきたのです。大した数ではなかったのですが、何度も繰《く》り返し襲ってくるため、王は城門の警備に多くの騎士を配備するよう指示なさいました。もちろん、我々は王のお側《そば》から離れませんでした。ですが、城内の警備は手薄になっていたのです」

「そこを狙われたってわけか」

「はい……。あっという間でした。騎士団長と大臣、多くの騎士があっという間に城を占拠《せんきょ》しました。モンスターの襲撃があったとはいえ、迂闊《うかつ》でした」

おかしい。明らかにおかしすぎる。そんな向こうに都合よくタイミングが重《かさ》なるもんか？……そんなわけはねぇ。

ってことは、だ。精霊解放軍はモンスターと通じている？　もしくは、モンスターを操る術があった。その可能性が高《たけ》ぇ。

「モンスターが襲ってきたところをか。もし城がモンスターの手に落ちていたら、どうするつもりだったんだ？」

「モンスターは後で殲滅《せんめつ》すればいい、とでも考えたのですかね？」

そうか、こいつらの中では人とモンスターは相容《あいい》れないもので、あくまで敵対関係なんだ。だから俺みたいな、モンスターを利用したという考えに至《いた》らねぇってことか。たぶんそこを突いたんだろう。

「我々も陛下を守ろうと必死だったのですが、数が違いすぎました。いえ、それでも最後まで戦うつもりでした！　本当です！」

「お前のボロボロの姿を見て、疑う奴なんていねぇよ。俺たちに教えるために来てくれたってことだろ」

「いえ、私の判断ではなく陛下のお考えだったのです。私一人を急ぎ逃がし、すぐにアマリス様とグレイス様にお伝えするように、と」

なるほど、筋《すじ》は通った。

だが、なんでこのタイミングで城を落としたんだ？　坊ちゃんが戻るか、俺を捕まえるかしてからでもよかったはずだ。

「……襲撃してきたのは、ゴブリンですね」

「は、はい。その通りです。ゴブリンの軍勢でした」

「あぁ？　坊ちゃん何か知ってんのか？」

「国家転覆計画の中で見たことがあります。近隣《きんりん》にゴブリンの大規模な集落があると。そしてそれを、上手く騎士団長が制御しているとも。元々は僕が大精霊の力を集めて王都に戻った後、ゴブリンを利用して城を落とすはずでした。そして世界を正し、戦争も起こらないように管理して……。しかし、恐らく、最近の魔物活性化のせいでゴブリンを制御することができなくなって、計画を早めたんでしょう。風の大神殿では、あの計画は破棄《はき》してゴブリンは全滅させたと報告を受けていたのに……」

「それにしても、ゴブリンはなんで騎士団長の言うことを聞いたんだ？」

「黒い石ですよ。あれを集落に大量に投げ込めば、ゴブリンを誘《おび》き出せます」

黒い石を大量にぶちまけてパニックにすれば、投げ込んだ人間を襲う、か。チビ共を利用されたみたいで、気に入らねぇ。

……でもなんでだ？　それなら、いつだってできたはずだ。制御できなくなったからって、このタイミングで暴走させる理由はねぇ。これじゃぁ戦争がしたかったようにしか思えねぇだろ。

……戦争がしたかった？

「おい、坊ちゃん。騎士団のどのくらいが精霊解放軍に通じてる。後、王都内にどのくらいいたんだ？」

「はい？　そうですね……騎士団の三割くらいはいたと思いますが……。行動は伴わなくても潜在的に賛同してくれている人も入れれば、四割程度でしょうか。とはいえ、戦力的に考えても勝算が高いとは言えません」

いいや、十分だ。十人のうち三人が裏切っていれば、不意を突くことができる。モンスターの警備で城内が手薄になってたってんなら、あっという間に片付けられるだろ。

つまり精霊解放軍の狙いは……。

「王族派の処分と、祭壇の確保か」

「え？　零さん、どういうことですか？」

坊ちゃんは俯《うつむ》いていた顔を上げた。

「邪魔な奴らをどうするのが一番早いと思う？　単純にぶっ飛ばしちまうのが一番早《はえ》ぇ。今後のためにも、城を落として王族派の数を減らそうとしたんだ」

「そんな……」

「後はたぶんだが、坊ちゃんが裏切ったと思ったんだろうな」

坊ちゃんは驚いたように俺を見た。そりゃそうだろうな、こいつ自身にそんな気はねぇ。

「で、ですが自分が裏切ったら、彼らは目的を遂行《すいこう》できなくなります！」

「だからこそ、城を落としたんだろうが。祭壇さえ押さえちまえば、坊ちゃんが裏切っていようと、俺たちのどちらかを取っ捕まえて無理矢理力を使わせれば、それで終わりだからな」

「なんか、零さんの頭が良く見えるんですが……。人間じゃなかったショックで、壊れてしまったんでしょうか？」

グス公の言葉に、約二名が同意してうだうだ言っているのが聞こえる。てめぇらが頭を使わねぇから俺がこうして頭使ってやってるんだろうが！　……そう言うとうるせぇから言わないけどな。

だが、頭が冴《さ》えてるってのは事実だ。なんかこう、色んなことを感じる。世界の流れっつうか、意思っつうか……。世界の意思に流されてる？　まるで大精霊みてぇだ。いや、俺は流されてねぇけどな。

さっきまで人間じゃないとか色々気にしてたはずなんだが、段々どうでもよくなってきた。厳密《げんみつ》には、それどころじゃねぇというか……。まぁ、そんなことは全部後だ。

「おっし、悩むのは全部後回しだ！　とりあえず城に向かいながら対策を考えるぞ！」

「え？　でも対策を立ててからのほうがいいんじゃないですか？」

「うだうだ言ってんじゃねぇ！　要するにこれは喧嘩だ！　喧嘩なら俺が負けるわけねぇだろ！　行くぞ！」

そう、自分で言っていて気づいた。こりゃ喧嘩だ。なら負けるわけがねぇ！

こちとら喧嘩は百戦錬磨《ひゃくせんれんま》だからな。手遅れになる前に、まずは動かねぇといけねぇ！

チビ共もファイティングポーズでやる気満々だ。そうか、そうだよな。こいつらと同じってんなら、悪くはねぇよな。俺、人間やめましたってとこか。

だが、手遅れ？　……なんで今そんなことを思ったんだ？

一瞬気になったが、そんな考えは全部捨てた。とりあえず城に向かわないと始まらねぇ！

第二十四話　これ、崩れねぇだろうなぁ……

俺たちはまずここから南にある町に向かい、準備を整えてから王都へ向かうことにした。

そのためには、まずこの湿地帯を戻らないといけねぇ。アマ公の部下のこいつは土魔法の使い手で、自分で足場を作りながら馬で駆け抜けて来たらしい。今は疲労困憊《ひろうこんぱい》でゲッソリしている。

だが、いい手だ。

「おい、南の町についたら休ませてやる。湿地を抜けるために力を借りるぞ」

「はい、お任せください！　と、言いたいのですが……もう数メートル分しか魔力が残っておりません」

「問題ねぇ。おい、坊ちゃん」

「仕方ないですね。ここは力を合わせてでも早く戻りましょう。そして戦争を止めなければいけません！」

俺と坊ちゃんはアマ公の部下の肩に手を置いた。

あれ？　ところでどうやって力を貸せばいいんだ？　まぁ気合だとは思うが。

でも気合で魔法は出なかったよな？　あれは俺が大精霊だったからか？　……よく分からねぇが、大体必要なのは気合だろ気合！

「あの……？」

「全力で道を作れ。大丈夫だ」

「はい、では……はぁっ！」

俺が気合を込めると、なんか、ほんの少しだけ力が抜ける感じがした。

その瞬間、両手を突き出した部下が最後の力を振り絞《しぼ》るように魔法を放ち、前に道を……。道？

おいおい、大地が隆起しながら思いっきり割けて穴が開いてくぞ⁉　なんだこれ⁉

そして、あっという間に道（？）ができた。道っつーか、こりゃトンネルだ。しかも、どこまで続いてるのか見えねぇ。

「な、なんですかこれ⁉　え⁉　私にこんな魔力はありませんよ⁉」

「ふふっ。大精霊である僕の力がこれほどまでとは！　さぁ時間がありません、急いで馬車まで戻りましょう！」

「これ、崩れねぇだろうなぁ……」

俺たちは自信満々な坊ちゃんに少し不安になりつつも、トンネルの中を駆け抜けることにした。

ちなみに暗くてよく見えねぇから、グス公に火で灯りを出してもらおうとしたんだが、チビ共が慌てて両手を×にした。

トンネル事故ってやつが危ねぇからか？　理屈は分からねぇが、俺はチビ共の指示に合わせて天井の所々に穴を空《あ》けて進むことにした。アマ公の子分に力を貸せば、ちょちょいっと穴が安全に空《あ》く。こりゃ楽ちんだな。

それにしても直線距離を進んでるし、道も安定してる。行きとは大違いだ。

ってか、この辺に馬車止めなかったか？　そろそろ湿地帯を抜けててもおかしくねぇんだがなぁ。

魔力の回復量が使用量に追いつかずカツカツになってるみてぇだが、俺はげっそりとしている部下に外が見えるよう穴を空《あ》けてもらうことにした。悪《わり》ぃな。

「おい、ちょっとここら辺に穴空《あ》けてくれっか？　今どの辺りかが見てぇ」

「確かに、僕らが馬車を止めたのはこの辺りのはずだね。ただ、ずっと穴を進んでいるから自信はないけどな」

リルリも俺と同じ感覚か。一人だとちょっと怪しかったが、もう一人いると自信も持てるってもんだ。

「はい、ではこの辺りに穴を空《あ》けます。どうですか？　このくらいで」

アマ公の部下が壁に手を当てると、程よい大きさの穴が空《あ》いた。便利なことこの上ねぇな。

俺は穴から周囲を覗《のぞ》き見てみる。ほうほう、なるほどな……。

「どうですか？　かなり進んだと思うんですが、まだ結構ありますか？」

「いや、これ通り過ぎてんな」

「は？　まさか通り過ぎているわけが……」

そう言いながら、アマ公も穴から外を覗《のぞ》き見た。そして躊躇《ためら》わず壁をぶち破った。危ねぇ！　トンネルが崩れたらどうすんだ！　無茶しやがる！

「ふむ、本当に少し通り過ぎているようだな。それにしてもこの道は、まだ当分先まであるようだが……。今後は、安全に湖へ向かう通路として使えるかもしれんな」

アマ公は利権がどうたらとかブツブツ言っていたが、今はそれどころじゃねぇ。

とりあえず俺はリルリと二人で馬車へ向かうことにした。

残りの面子《めんつ》はここで休憩だ。特にグス公は、魂が口から出そうな顔をしてやがるからな。

二人で馬車に向かっていたんだがな。ちらちらとこっちを窺《うかが》うように、リルリが見てくる。まぁ色々俺に聞きてぇことはあるよな。

「なぁ、零」

「おう、どうした」

「その、本当に大精霊なのか？　さっきまで悩んでいたようだったが……」

「あぁ、間違いねぇな。確かにさっきまで気にしてたが、それはやめだ。よく考えれば、俺は一回死んでるわけだしな。生き返ってチビ共と同じになったってのも悪くねぇ。そう思うことにした」

「そうか、ならいいんじゃないか」

リルリの顔を見てみたが、何を言ったらいいか分からない、そんな感じの顔だった。まぁ、人間じゃありませんでしたとか、いきなり言われたらそうなるわな。

だが、俺が悩んでたから気を遣ってくれたんだろう。心配かけちまった。

「おう、ありがとな」

「何を急にお礼なんて言ってるんだ」

「気にすんな」

そんな話をしていたら、すぐに馬車を停めていた場所に辿《たど》り着いた。

さて、急いであいつらのところに戻らねぇとな。

俺とリルリは素早く馬を繋ぎ直し、馬車を動かした。

歩いても大した距離じゃなかったからな、四人が休んでる場所にはすぐ戻れた。

で、四人を馬車に乗せて南にある町に向けて出発する。部下が連れてた馬は疲れているらしいから、馬車を引かせず横を並走《へいそう》させた。人を乗せて移動するのは体力的に厳しいが、並走くらいならなんとかなるそうだ。

町に着くまで、俺たちは進みながら今後の計画を立てていた。

「で、計画立てるって言ったよな？　なんでお前ら全員黙ってんだ？」

「いや、私たちが何か言うと、お前が反対するだろ」

「大体怒られますよね。零さん我がままですから……」

「なら、お前らの計画ってやつを聞かせろや」

「『正面突破』」

「よし、作戦立てるぞ」

馬鹿姉妹は「ほらほらやっぱり！」とか騒いでるが、もちろんそんなのは無視だ。

さて、まず考えないといけねぇのは……。

「そういや、陛下《おっさん》はどうなってんだ？　やっぱり捕まってるのか？」

「恐らくな。私室に監禁《かんきん》、もしくは地下牢に閉じ込められているといったところだろう。……そうであると、信じたい」

最悪の結末、ってやつからは目を逸《そ》らしたいか。そりゃ当然だな。

まずは俺たちの勝ち筋《すじ》を考えないといけねぇ。戦争を回避し、余計な争いなく勝つ方法をだ。

「やはり、父上を救出した後、軍を纏《まと》めて決戦となるのではないか？　だが、そのためには内部に侵入する手筈《てはず》がいるな」

「いえ、お姉さま。外部の戦力を集めて回るのはどうですか？　それからお父さまを救出するほうが、確実性が高いのではないでしょうか」

「だがそれでは、王都の警備が手薄になる恐れがある。モンスターにも備えねばならんしな。それに時間をかければ父上の身がどうなるか分からない。やはり王都への侵入は第一条件だ」

どちらも悪くはねぇ。っていうか、そういうまともなことを考えられるなら、最初から言ってくれ。

俺たちが話し合っていると、ずっと黙っていた坊ちゃんが唐突に手を上げた。

「……僕が精霊解放軍と話をつけるというのはどうでしょうか？　きっと、全員が全員、戦争に賛成しているわけではないと思うのです。その人たちに手を回せば、かなり状況は変わるはずです」

「悪くはないな。だがそれをやるなら、相応の準備もいる。そして、並行して軍を纏《まと》める。その前に外部の戦力をできるだけ早急に把握して……」

三人は、あーだこーだと話し合いをしている。

部下も何か色々考えているようだが、基本はアマ公の方針に従うつもりらしい。

リルリも同じようで、口を出さず馬車を操るのに集中していた。

ん？　あぁ、さっき作ったトンネルの出口が見えてきた。

何をするにも時間が足りねぇ。遅くなれば遅くなるほど、相手の準備も整うだろう。それで俺たち相手に軍勢をけしかければ、それで終わりだ。

有効策が出ないまま、馬車で移動すること丸一日。

こう、あっという間に形勢を逆転する手とかはねぇもんか？　そんな都合のいい手があれば……。……あっ。

「なぁ坊ちゃん、祭壇ってのはどこにあるんだ？」

「祭壇は王都の地下だと言ったじゃないですか。それより、今は作戦を……」

「地下のどの辺だ？　広いのか？」

「あぁもう！　城の地下には、城と繋がっているとてつもなく広い空洞があるのです！　そこに祭壇があります！　これでいいですか？」

広い空洞……。これならいけそうだ。なんたって、こっちには大精霊が二人揃ってんだぞ？　大抵の無茶は通せるだろ。

「なぁ」

「零さん、今忙しいのは分かっていますよね？　まだ何かあるのですか⁉」

「お、おう、悪《わり》ぃ。でも、なんとかなるかもしれねぇぞ」

坊ちゃんの剣幕《けんまく》にちょっと押されちまった。

だが、俺の言葉を聞いて全員がこっちを見た。俺は馬車を操っていたリルリの顔を、強引に前へ戻した。危ねぇだろうが。

俺は一つ咳払《せきばら》いをし、皆の顔を見渡した。

「とりあえずあれだな。町も見えてきてるし、そこで話さねぇか？　用意とかも必要だからな」

誰もが早く話せと言う顔をしていたが、そんなに焦ってもしょうがねぇ。

まずは、ゆっくりと話せる場所へ行かねぇとな。

第二十五話　じゃぁ、さっくり道を作るか

町に入った俺たちは、辺りの様子を見て驚いた。町の中には、溢れんばかりの騎士たちがいたからだ。まさかここまでもう手が回っていたのか？　流石《さすが》に焦る気持ちを抑えられねぇ。

案の定、俺たちの馬車はすぐに呼び止められた。

「止まれ！　今ここは危険だ。すぐに引き返したほうがいい」

だが、その物言いは俺たちを心配してのものだった。捕まえようとしてるわけじゃねぇみたいだ。それに気づき、アマ公は颯爽《さっそう》と馬車を降りた。

「オルフェン王国第一王女、アマリス＝オルフェンだ！　ここに集まっている者たちの目的を聞きたい！」

「ア、アマリス様！　我々は城から逃げのびた兵でございます！　今後どうするかを、今話し合っているところでして」

「話し合いはどこで行われている。案内しろ！」

「仰せのままに！」

俺たちの馬車はそのまま町の中を案内されて進んで行った。

そして、一際《ひときわ》大きな建物の前で停まる。どうやらここで話し合いが行われているらしい。大きな部屋の中に入ると、そこでは騎士たちが言い争っていた。だがアマ公が入った瞬間、争いはピタリと止まった。

「アマリス様！」

「今の責任者は誰だ。指揮権を私に譲渡《じょうと》してもらいたい」

「はっ、もちろんでございます。こちらの席へ！」

俺たちは部屋の一番奥の席に通された。そしてアマ公はその中央に堂々と座った。やっぱ、こいつすげぇ奴だったんだな。

「現状報告！」

「はっ、現在は周囲を捜索して、逃げのびた者たちを集めております。まずは戦力が必要だと考えました」

「相手との戦力差はどうなっている」

「かなり大きいと思われますが、相手も騎士の全てを押さえたわけではありません。アマリス様が立たれればこちら側につく者も多数いるでしょう。そうすれば、戦力差はかなり近づくかと」

その後も話し合いや報告が行われた。

まだ王都で抵抗している者が多く、早急に援護に動き出したいということ。

陛下《おっさん》は騎士団長と大臣の手に落ちていること。

相手は頑《かたく》なに城を手中に収め続けようと拘《こだわ》っていること。

現在城門は閉じられていて、この戦力でそこを突破するのは厳しいこと、などだ。

「なるほど、よく分かった。遅くなれば遅くなるほど状況は厳しくなるな。おい、零！

お前の作戦とやらを話せ」

「え、ここで話すのか？」

「いいから早くしろ！　使えなければ、すぐに次の手段を考えねばならんのだからな」

おうおう、急にアマ公も上から目線に……。いや、元からこいつはこうだったか。

まぁ今はしょうがねぇ。それに人も多いほうが話も早《はえ》ぇからな。

「そう難しい話じゃないんだけどな。土の魔法を使って、城の地下に続く道を作る。後は、そっから城内も祭壇も押さえればいいってわけだ」

周囲が静かになった。その直後、騎士の誰かに鼻で笑われた。

イラッとしたがしょうがねぇ。俺や坊ちゃんが大精霊だということを知らなきゃこんなもんだ。

だが、俺の作戦を最初に否定したのは意外にも坊ちゃんだった。

「零さん、それは無理です」

「あぁ？　なんでだ」

「穴を掘り進めて道を作り、さらにその穴が崩れないほど強化するには力が足りないでしょう」

「昨日はできたじゃねぇか」

やれやれと坊ちゃんは大げさに頭と手を振った。うぜぇ。

普段ならすぐ殴っているところだが、机の下で蹴りを入れるだけで勘弁してやった。

「いたっ……上手くいったとしても、建物や土の重みで潰れるだけです」

「いや、俺らの力を合わせればいけんだろ」

「大精霊の力は、精霊との契約数で決まります。確かに、僕はこう見えても百十二体の精霊と契約をしているすごい大精霊です。すごい大精霊ですよ、忘れないでくださいね？　……ですが、その力で術者を援助しても、先程の作戦には無理があります。最低でも僕の十倍の精霊との契約が必要になりますよ？　零さんは何体と契約をしていますか？　いいところ、十体か二十体ってところでしょう？」

「三千百五十二体だな」

「ですよね、それじゃぁ足りません……。すいません、もう一回言ってもらえますか？」

「三千百五十二……三千百五十四体だな」

「なんで今、目の前で契約して増やしてるのですか⁉　え、本当にそんなに契約しているのですか⁉」

むしろ、なんで坊ちゃんはそんなに少ねぇんだ。チビ共もそう思わないか？

……ほら、頷いてる。精霊との契約が力になるってんなら、こいつは今まで何やってたんだ。

いや、俺も何か特別なことをしたわけじゃねぇな。頭撫《な》でてただけだからなぁ。ちなみに、チビ共の数は、この前野営の火の番をしてるときに数えた。

周りの騎士たちは騒然としていた。大精霊だなんだ、そんなに契約が云々、と。まぁ普通は信じねぇよな。さて、どうするか。

そう思っていたのだが、それをグス公が一喝《いっかつ》した。

「全員静まりなさい。零さんの身元については私が保証します。零さんの作戦通り、土の魔法で地下から空洞へ道を繋ぎ、城内を一気に制圧しましょう」

「しかしグレイス様、そんなことが本当に……」

「反対するのなら、それ以上の意見を出しなさい。今すぐに」

もちろん、全員が黙った。そりゃそんな無茶苦茶な作戦以上の意見なんてねぇからだ。

だが、グス公とアマ公は偉そうにふんぞり返っていた。それ見ろどうしたと言わんばかりだ。こいつら、案外性格悪いよな。

「では、今言った作戦をもとに進める。まずは城内へ奇襲をかけ、そして全ての門を開き、城外の勢力と合流する。そうすれば、こちらのほうが有利になるはずだ」

アマ公が駄目押しとばかりに言ったことで、誰も逆らうことはできなかった。流石《さすが》は王族ってとこだな。


俺たちはすぐに準備を始めた。今すぐ動く必要があるからだ。

どこからどう道を作るかなどの計算も必要だったが、俺にそんな難しいことはできねぇ、全部リルリがやってくれた。メイドの嗜《たしな》みらしい。メイドってなんだ？

そして小一時間後には、アマ公の指示で集められるだけの戦力が集まった。全員準備万端ってやつだ。

訝《いぶか》しげな顔をしている奴が多いが、それはしょうがねぇ。まぁ見てろってんだ。

俺は坊ちゃんとアマ公の部下と一緒に、隊列の一番前に進み出た。

「じゃぁ、さっくり道を作るか」

「零さん、本当に大丈夫なのですよね？　本当ですよね？」

「いいからやるぞ」

俺は坊ちゃんを軽く小突《こづ》いて、アマ公の子分の肩に手を置く。坊ちゃんも俺に倣《なら》って、手を置いた。

一度やってるだけあってか、子分は自信たっぷりで……いや、物凄《すげ》ぇ不安そうだった。

だがその震えを抑えるかのように、部下は地面に手を置いた。そして魔法を唱え始める。

前回と違い地面が隆起することはなく、辺りが揺れ出す。そして目の前に大きな縦穴ができた。それを見て、リルリが計画書を見ながら口を出してくる。

「落ち着け、穴はなるべく緩やかに斜めに作るんだ。そうしないと落ちるだけだからな」

「は、はい、すいません。ここから変えていきます……」

ゴゴゴゴと、穴が大きく鳴動《めいどう》をする。そして形を変え、緩やかな傾斜《けいしゃ》を描き出した。これなら歩いて進むこともできるはずだ。

後ろでは、「信じられない！」「こんなことが！」「これが大精霊の力か！」と、賞賛の嵐だ。

まぁ、後はどこまで地中のトンネルができているかだな。途中で行き止まりになってたら、そこでまた穴を作らないといけねぇ。

「全軍、ここで待機。別途指示が出たら突撃だ。僕は零たちと一緒に先へ進んで、トンネルを開通させる。アマリス様、グレイス様、ここを任せたよ……ってあれ？」

「何してるんですかリルリ！　早く行きますよ！」

「もたもたするな！　置いて行くぞ！」

「やっぱり二人も来るんだね……」

穴はかなり広く、馬車も通れそうだった。急いで城まで向かう必要があるため、俺たちはトンネルの中を馬車で進むことにした。トンネル完成後に突撃する奴らには、土の魔法使いの部下が戻って指示を出すらしい。

馬鹿姉妹を止める声は多かったんだが、結局のところ二人に黙らされた。可哀想に……。

ある程度、馬車で進むと行き止まりになった。

「後、どんくらいだ？」

「僕の計算では、もう少しで空洞に当たるはずだ。慎重に掘り進めていこう」

「待てリルリ、王都に続く道も作っておきたいのだが、できるか？」

「あの、お姉さま。さすがにあちこち掘ってしまうと、地盤崩落しちゃうんじゃないですかね？」

グス公の心配ももっともだが、多分大丈夫なんじゃねぇか？

俺が口を開くよりも先に、リルリが説明してくれた。

「グレイス様、強度的にはまったく問題ないよ。鉄みたいにカチカチだからね。支えの柱もところどころに入れているから、崩落《ほうらく》することはない」

「では、先に王都への道を作っておこう。最後にそこから攻め込めば、二面作戦となり成功率が上がる」

「うん、じゃあここからまずは、あっちの方角に……」

そっから王都の裏通りのある方角へ道を作った。これも気をつけながらやったが、簡単にでき上がった。

そしてメインの空洞へ続く道だ。

「ストップ。僕の予定ではもう掘り当たるはずだから、ここからはゆっくり進めてくれ」

「承知しました」

さっきまではある程度ガンガン進んでいたのだが、ペースを落としてゆっくりと掘り進めた。ゆっくりと、ゆっくりと……。

そして前から光が零れてくる。穴が空洞に繋がった！

「よし、お前は急ぎ戻って全軍に突撃命令。ただし、二手に別れて王都にも行かせろ。私たちはこのまま祭壇を押さえる！」

「分かりました！　では御武運《ごぶうん》を！」

俺たちは恐る恐る空洞に足を踏み入れる。中は開けていて、ぼんやりと明るかった。ヒカリゴケってやつか？

……まぁ、こっからが本番だ。バレる前に祭壇に行かねぇとな！

第二十六話　すげぇじゃねぇかグス公！

俺たちは薄暗い空洞を坊ちゃんの指示に従って進む。

薄暗いとはいえ、わりと視界がいいのが救いだ。ヒカリゴケみたいなのが壁一面で発光しているお蔭《かげ》だろう。

だが、いつ精霊解放軍が来るか分からないこの状況では、否が応にも緊張感が高まる。

俺は先頭を走る坊ちゃんに、後どのくらいか聞くことにした。

「で、祭壇はどの辺りだ」

「そうですね。大した距離ではないので、何事もなければ後少しです」

「何事もなければ、ですね。……やっぱり、そうはいきませんよね」

グス公の言葉に、俺たちは身構える。

数十メートル先に、結構な数の兵が見える。俺たちを待ち受けていたというより、万が一を考えて配置していたんだろう。まぁ当然ここにだって兵を置くわな。

相手はすでにこちらへ向けて魔法をいつでも放てる態勢であり、すぐに突撃できるよう武器も構えている。

そんな一触即発《いっしょくそくはつ》の中、アマ公は冷静に敵を観察していた。

「ふむ、五十くらいか」

「大した数じゃねぇが、さてどうすっかな」

場所が悪い。隠れる場所もなければ、後ろに下がるわけにもいかねぇ。とれる手段が限られちまうってわけだ。

悩む俺を見て、三人の女どもは嬉々《きき》として俺に言った。

「正面突破ですね」

「正面突破だな」

「正面突破だ」

「いや、だからお前ら短絡的すぎるだろ！」

俺の言葉に、三人はにやにやと笑っている。他の手段がねぇことに気づいているんだろう。うぜぇ。

だが……ちっ、仕方ねぇか。

俺はリルリの肩に手を載せた。

そして次の瞬間、敵から魔法の嵐だ。そりゃもう視界いっぱいに広がる炎やら水やら氷やら雷やら石やら、なんだかんだが俺たちに向かって飛んで来る。

だがまぁ、今の俺たちには大した問題じゃねぇ。

「リルリ、壁」

「任せろ」

リルリが片手を前に突き出し、魔法を放つ。そして轟音《ごうおん》が鳴り響いた。目の前にできた氷の壁に、敵の魔法がぶつかる音だ。

氷の壁は揺らぐこともなく、聳《そび》え立っている。エアガンで鉄板を撃つくらい、相手の魔法はまったく効かねぇ。

「ば、馬鹿な！　なんだあの氷は⁉　これだけの魔法を防げるはずが……」

「リルリ、あいつら全員壁で覆《おお》えるか？」

「楽勝だな」

リルリはそのままこう、手を格好よく上下左右に動かした。そして、敵を全員氷の壁で囲った。なんだ今の動き、かっけぇ。

そして蓋《ふた》をして、あっという間に氷の箱のでき上がりだ。

「これでもう僕らを追えないね。さぁ進もうか」

「待て待て待て」

　こいつまさか、このまま放置する気だったのか？　中の奴らが窒息《ちっそく》するじゃねぇか！

　俺はグス公に頼んで、氷の箱にいくつか穴を空《あ》けてやった。強度とかは少し心配だったが、どうやら中はすげぇ寒くてそれどころじゃないらしい。まぁ、帰りにでも解放してやればいいか。

「進むぞ！　まだいるかもしれねぇから警戒しろ！」

　俺は四人に活を入れて先に進む。四人も気合十分らしく、やる気に満ち溢れている。

　……いや待て、何か違う。

「リルリ、さっきの魔法すごかったですね！　次は私の番ですかね！」

「待てグレイス、次は姉に譲るべきではないか？」

「次もまた僕でもいいと思うんだ。スカッとしたし」

　俺と坊ちゃんは顔を見合わせた。こいつらの言う通りにしたらいけねぇ、絶対にやべぇ。

　今、俺たち二人の大精霊は目と目で通じ合った。どうしてこうなった……。

　とりあえず色々と味方に不安はあったが、俺たちは先に進む。

　そして祭壇らしきものが見えてきたそのとき、新手《あらて》が現れた。

　あのハゲ頭には見覚えがある。大臣だ。

「やはり来たか！　我らの邪魔をする愚か者共が！　儂《わし》が貴様らを滅殺《めっさつ》してやろう！」

「さて、こいつをぶっ倒したら後は祭壇に入るだけだな」

ハゲがここにいるってことは、だ。恐らく騎士団長のゴムラスは城の警護についてんだろう。つまりこいつを倒せば、後は祭壇まで一直線だ。

……だがそこで、坊ちゃんが一人で進み出た。そして大臣の前に立つ。

お？　何か言ってやろうってか？

「大臣様、戻るのが遅くなり、申し訳ありません。これより精霊解放軍として、協力させていただきます」

「おぉ、コウヤよ。やはりお主は裏切ったわけではなかったか！　よろしい、こちらに協力せよ！」

「なっ……てめぇ！　本気で言ってるのか！」

「本気？　冗談でこんなことを言うと思っているのですか？　元々、僕はこちら側ですよ？」

くそっ。あの野郎、この土壇場《どたんば》で裏切りやがった。

大臣をぶっ飛ばした後に殴り飛ばす。絶対殴り飛ばす！

しかもなんだ？　大臣の後ろでこっちをチラチラ見てやがる。煽《あお》ってんのか、あの野郎！

そんな俺を止めたのは、意外にもアマ公だった。

「待て。大臣はあぁ見えてかなり強い。それに、坊ちゃんにも何か考えがあるのではないか？」

「あぁ？　あいつがそんなタマか⁉　あの陰険《いんけん》野郎が！」

「いや、零さんの声、僕にはっきり聞こえていますからね⁉」

「確かにあいつは陰険で、ジロジロと胸や足を見るいやらしい馬鹿だが、愚かではない」

「アマリスさんも、小声で絶対悪口言っていますよね⁉」

「うるせぇ！　タイムだ！」

俺たち四人は小声で相談することにした。正直、作戦より坊ちゃんへの悪口のほうが多かった。

だが、意見を纏《まと》めるとだ。坊ちゃんは裏切ってないいんじゃないか、とりあえずハゲはむかつくからぶっ飛ばす。こういう結論になった。まぁ、坊ちゃんを信じようってつったのは、アマ公だけだったがな。

「おし！　いいぞ、やるか！……やるか？」

振り向くと、そこには頭に角《つの》があって、巨大な黒い翼を生《は》やした……悪魔？　上半身は裸で、下半身は毛むくじゃらだ。あれ？　大臣が出したのか？　本当にあのハゲ強いのか？

いや、だがあんなのを出せる魔力があるとは……。

よーく見て、気づいた。大臣の肩に坊ちゃんが手を置いていることにだ。

「このくそ坊ちゃんが！」

「はっはっは、悔《くや》しかったらこちら側についてもいいのですよ？　では、大臣様」

「うむ、ゆけ！　デーモンよ！　敵を燃やし尽くせ！」

巨大な炎がこちらに飛んで来る。さっきの兵たちの魔法とは桁違《けたちが》いの威力と大きさだ。

俺は慌ててリルリの肩に手を置く。リルリはさっきと同じように氷の壁を出した。

へっ、破れるもんなら破ってみろ。

「大臣様、あの壁は正面だけです。相手を覆うように炎を出せば、一網打尽《いちもうだじん》かと」

「なるほど、デーモンよ！」

坊ちゃんの指示通りに、炎が俺たちを包み込むように迫ってくる。リルリはそれに合わせて、俺たちの周囲と頭上を囲うように氷の壁を作った。寒《さみ》ぃ！

……だがこれはやべぇ。このままじゃ氷の中の酸素がなくなる。ついでに、穴を空《あ》けても周りは炎の渦《うず》だ。

「リルリ、このまま攻撃することはできるか？」

「ごめん、さすがにそれは無理だ。この状態を維持するだけなら問題ない」

八方塞がりか！　くそっ、先手必勝でハゲを仕留めておくべきだった。

完全に、坊ちゃんに上手いことやられている。どうする？　何かいい手は……。

「零さん零さん」

「おう、今考えてる」

「いえ、そうじゃなくてですね？　なんでまたリルリなんですか！」

「やべぇ！　もう酸素がなくなり始めてるぞ！　グス公が馬鹿になった！」

「ひどくないですか⁉」

この馬鹿はこんなときに何を言ってんだ⁉　なんでリルリなんですかって、そんなの炎がきたから氷で防いだんだろうが。もうちょっと頭使えよ……。

「確かに、ここは私の出番だろう。零、私を援護しろ」

「何か考えがあるのか？」

「私が雷魔法で敵を一撃で吹き飛ばしてやる！」

「こんな空洞でやったら、俺たちも生き埋めだろうがドアホ！」

アマ公はそのまま崩れ落ちた。本当に自信があったんだろう。アホだ。

だが、いざとなったらその手しかねぇか？　祭壇はどうなる？　俺たちは耐えられるか？……氷で囲っているから大丈夫だと信じたい。それで地上に向かって道を作れば……。

「はぁ、もういいです。零さん私に力を貸してください。リルリ、私の合図で氷の壁を解いてください。寒いです」

「だから落ち着けグス公！　今はそれどころじゃねぇんだよ！」

「いいから信じてください」

なんでこいつはこんなに自信満々なんだ？　本当に何か手があるのか？

だが、うーん……くそっ、他にどうしようもねぇか。

俺はグス公の肩に手を置いた。ここまで俺を信じてついてきてくれたんだ、俺だってこいつを信じないといけねぇ。

「リルリ！　魔法を止めてください」

「了解！　……本当にいいの？」

「早く！」

「はい！」

グス公に言われた通り、リルリは氷の壁を維持するのをやめた。氷は一瞬で溶けて、デーモンの放つ炎が俺たちを包み込む。

またこの展開か！

一瞬そう思ったが、炎が俺たちを包み込むことはなかった。むしろ炎がどんどん収まっていく。なんだこりゃ？

「炎使いが炎を制御できないわけないじゃないですか。しかも今こっちには、零さんがついているんですよ？　絶対に負けません」

「そうなのか！　すげぇじゃねぇかグス公！」

「もっと褒《ほ》めていいんですよ！　ふふん」

舞い上がる炎を操るグス公の姿は、とても幻想的だった。正直なところ、その姿に少し見とれてしまう。

ま、まぁそんなことはどうでもいい。

こっちは大盛り上がりだが、あっちは戦々恐々《せんせんきょうきょう》だ。ハゲ頭に青筋が浮かび上がっている。ざまぁみやがれ。

「コウヤ！　もっと力を送れ！　儂《わし》がこんな奴らに負けてたまるものか！」

そのとき、坊ちゃんはこっちを見てニヤリと笑った。

やべぇ、何か来る。俺は咄嗟《とっさ》にリルリとアマ公を後ろに突き飛ばし、グス公を庇《かば》おうと抱きしめた。

第二十七話　寝言は寝て言えやクソゴリラが

「おい！　聞いているのかコウヤ！　魔力が尽きる！」

「あぁ、やっと尽きてきましたか。さすがこの国で随一の魔法使い。時間がかかりましたね」

「貴様、何を……」

そしてデーモンが消える。大臣の魔力が尽きたんだろう。

坊ちゃんの奴、何をしたんだ？

坊ちゃんはハゲ頭の肩に載せていた手を退け、俺たちにも見えるように手を開いた。坊ちゃんの手の中にあったのは、黒い石だ。あの野郎やってくれるじゃねぇか。

「貴様！　裏切ったのか！」

「裏切った？　裏切ったのはそっちだろう？　さて、魔力が尽きた状態でここから何ができるのか教えてもらおうか」

坊ちゃんは見下すようにハゲ頭に笑いかけていた。あいつ本当に悪い奴だな。……まぁ、お蔭《かげ》で助かったんだが。

「リルリ、大臣を拘束《こうそく》しろ。もう魔力はないようだし、両手足を縛りつければ十分だろ」

「あぁ分かった、零。それより、いつまでグレイス様を抱きしめているつもりだ？」

「リルリ！　余計なことは言わないでください！」

俺は慌ててグス公を放す。やべぇ、坊ちゃんが何かやるだろうと思って必死で、全然気づいてなかった。

「あぁ、せっかくいいところだったのに……。せめて余韻《よいん》を楽しまないと！」

グス公は自分の体を両腕で抱きしめている。何やってんだこいつは？　庇《かば》って損した気持ちだ。

まぁそんなことはどうでもいい。坊ちゃん、やってくれるじゃねぇか。

「で、誰が裏切ったのでしたっけ？」

……やべぇ、怒ってる。でもあの状況じゃしょうがねぇよな？　チビ共もそう思うだろ？

そう思ってチビ共を見たが、手を顔の前で振って、ないないと言っている。俺が悪いのか⁉

「い、いやでも、お前も相手に力貸したりよぉ」

「していませんよ？　貸さなくてもあれだけやれる人なのです。だから、こういう方法をとったのですよ」

あ、これ詰んだわ。……ぐっ、仕方ねぇ。素直に謝るか。

俺は自分の非を認めることにして、坊ちゃんへ頭を下げた。

「いや、その悪かった」

「いいですよ。あの状況じゃ、しょうがないですからね。さて、それよりもう祭壇に着きますよ。後一歩です」

「おう、行くか」

あっさり許してくれた。なんだこいつ、急に性格よくなりやがって！

ちなみに後ろでは、唯一坊ちゃんを信じていたアマ公が、グス公とリルリを責めていた。仲間を信じろだなんだと。そうか、こいつ仲間だったんだよな。うん、俺が悪かったな。

っと、そうだ。一応、万が一に備えて隠し玉を仕込んでおくか。

「ううっ、お姉さまにこっぴどく怒られてしまいました……。って、零さん何をしているんですか？　何か腰をもぞもぞさせて」

「いや、なんでもねぇ。おっし！　行くか！」

俺たちはついに辿《たど》り着いた。

後はここで決めるだけだ、どうするかを。

俺と、坊ちゃんのどちらかが。

……あれ？　ところで、どうやってどっちが決断するか決めんだ？　もしかしてタイマンとかか？

うーん、とりあえず入ってみないと分からねぇか。

俺は色々な思いをぶつけるように、重々しい扉を蹴り開けた。

「零さあああああん⁉　なんで今蹴ったんですか⁉　ここ、我が王家が守ってる神聖なところなんですよ⁉」

「いや、よく考えたらよぉ、色々振り回されて腹が立つなって思ってよ。だから蹴った」

「いやいや！　零さんそのお蔭《かげ》で僕らは大精霊としてなんとかやってこれたのですよね⁉　駄目ですよ⁉」

ったく、グス公といい坊ちゃんといい、うるせぇ奴らだ。

後ろを振り返ると、アマ公は頭を抱え、リルリは笑っている。

まぁこんなもんだろ、悪くねぇ。

そして俺はついに祭壇の間に入った。ここが終着点だ。

室内は真っ白く、神殿じみた装飾の小さな扉からでは分からなかったほどに、広々としていた。

奥には祭壇。そしてその前にいるのは、だ。

「いねぇかなって、思ってもいたんだがな」

「はっはっは、それは都合がよすぎると思わないかい？」

「違《ちげ》ぇねぇ」

騎士団長のゴムラスだ。確かに大臣を倒したときから、やっぱいるかもしれねぇと思い始めたけどな。

後はこいつをボコボコにするだけか。

そう考えている俺を押し除《の》けるように前へ出たのは、アマ公だった。一言物申すってところか。

「やはりコウヤは裏切っていたか。それからアマリス、元気そうで何よりだ」

「なぜこんなことをしたのですか！」

それ以外の言葉は恐らくなかったんだろう。アマ公の気持ちの全部が、その一言に集約されていた。ずっとここまで、耐えてきたんだ。間違いねぇ。

「なぜ？　それは世界のためだ」

「世界のため？　戦争を起こそうとすることがですか⁉」

「はっはっは、戦争なんて起きはしない。戦争を起こすのは、君たちだろう？」

唖然《あぜん》とした。この騒動を起こした張本人のくせに、戦争を起こそうとしているのは俺たちのほうだ、だと？　ふざけやがって、おちょくってんのか？

「何をわけの分からないことを！」

アマ公が苛立《いらだ》つのも当然だ。

だが、ゴムラスは悪びれもせず、不思議そうな顔をした。

「ん？　本当に分からないのかい？」

「当たり前です！　あなた方が謀反《むほん》など起こさなければ、このような事態にはなっていなかった！」

「ふむ、君たちは大精霊のもとを訪れたのだろ？　それでもまだ分かっていないのか。私たちが何もしなくても、戦争は起きていた。それが分からないかい？」

……確かに、こいつの言うことにも一理ある。

世界は乱れていると、大精霊たちは言っていた。つまり、こいつらが何もしなかったとしても、いつかは戦争が起きていたはずだ。

精霊の取り合いだけでなく、水や森、鉱脈なんかの資源も含めて、あらゆる物を奪い合うことになっていただろう。

だが、俺たちはそれをなんとかしようとしていた。俺と坊ちゃんとでは考え方は違うが、世界を救おうって気持ちは同じだ。

なのに、俺たちのせいで戦争が起きるだと？

「まぁしょうがない、子供には分からないことだ。では、率直に言おう。戦争を起こさないために、こちら側に降《くだ》って欲しい。それで全部解決だ」

「っざけんなぁ！　そんなことすると思ってんのか！」

限界だった。もう言わずにはいられねぇ。

なんなんだこいつは、何様だ！　ふざけやがって！

俺はリルリに目配《めくば》せをしておいた。それで察したらしく、リルリはゴムラスに気づかれないように俺の側《そば》に立つ。よし、いけんな。

「戦争を回避したいのだろう？　なら、君たちが私のもとに降《くだ》れば解決する。違うかい？」

「寝言は寝て言えやクソゴリラが。第一、俺らが降《くだ》ったら、てめぇは俺や坊ちゃんを利用して好きにやるだけだろうが」

「はっはっは、それは違う。この世界はね、未熟なのだよ。魔法に頼り切ってどうにもならなくなっている。魔法がなくなったら人々はどうする？　どうしようもないはずだ。だったら仕方がない。支配するのだよ、私がトップに立ってね。そうすることで魔力も精霊も魔法も人も、全てが問題なくなる。世界は円滑《えんかつ》に回る。どうだい？　悪いようにするつもりはないが？」

「寝言は寝て言えって言ってんだろうが！　リルリ！」

俺はすかさず横にいたリルリの肩に手を置いた。リルリもそれを待っていたかのように、両手を突きだして魔法をゴムラスに放った！

……はず、だった。

「なっ……⁉」

「あぁ言っていなかったね。ここには結界が張られているらしくてね。魔法の類《たぐい》は使えないのだ。大精霊が二人も来るというのに、なんの勝算もなく、私が一人でいると思ったかい？」

ちっ、想定済みってわけか。だが数の上ではまだこっちが有利だ。全員でかかれば……。

「全員下がっていろ、私がやる」

俺が鉄パイプを握り直すと、剣を握ったアマ公が俺を止めた。

アマ公は一人で前に出た。こいつ、何考えてやがる。今はそういう、誇りとかケジメとかに拘《こだわ》ってる状況じゃねぇだろうが！

「冷静な判断だな、アマリス。箱入りのお姫様にメイド、もやしっ子に不良。相手になるのは君だけだろう」

「そういうことだ。それに、こいつのことを見抜けなかったのは、私にも責任がある。頼む、任せてくれ」

「……負けたら承知しねぇぞ」

こっちを微《かす》かに見て、アマ公は笑った。誰に向かって言っている——そう言っているようだった。

信じるしかねぇな。ここはアマ公に任せる。

俺たちは二人から離れ後ろに下がった。

そして、アマ公とゴムラスが対峙する。一騎打ちってやつだ。

こんな支配思想の勘違い野郎に負けんなよ、アマ公。

剣を構えたアマ公とゴムラス。二人は同時に、動き出した。

第二十八話　倒した後、もう一回ボコる

アマ公とゴムラスの剣が重なり合った。鋼の激しくぶつかり合う音が、周囲に響きわたる。

「はあああああ！」

「腕を上げたな、アマリス！」

「軽口《かるくち》を叩く暇があると思うな！」

速い。見ているだけで分かる。アマ公の剣技も身のこなしも、圧倒的に相手より速い。

アマ公の奴、あんなに強かったのか。雷の魔法をぶっ放してるイメージしかなかったんだが、剣の腕前はかなりのもんだ。真面《まとも》にやり合ったら、俺じゃ絶対に勝てねぇだろう。

……だが、あのゴリラも流石《さすが》騎士団長ってとこか。上手いことアマ公の剣を捌《さば》いてやがる。

間断《かんだん》なく、二人の剣はぶつかり合った。

「なぜだゴムラス！　なぜこんな愚かなことをした！」

「愚か？　世界を救うための戦い、それが愚かだというのか？」

「己が頂点に立ち、支配したいだけだろう！」

アマ公の言葉にゴムラスは笑う。それにアマ公が苛立《いらだ》っているのが、こっから見ても分かった。

「はっはっは、支配の何が悪い？　精霊を、世界を滅ぼそうとしている王族の、尻拭《しりぬぐ》いをしてやろうというのだぞ」

「ふざけるな！　確かに我々は気づいていなかった。だがそれは、これから変えていけばいいことだ！」

「これから？　いいや無理だ。魔法に慣れ親しんでいる民衆を抑え込むことなど、絶対に今のお前たちにはできない！」

「くだらん問答に付き合う気はない！」

アマ公の裂帛《れっぱく》の気合とともに打ちこまれた一撃を受け、ゴムラスは膝《ひざ》をついた。いや、あんなの受けられる時点で十分すげぇけどな。

ゴムラスはアマ公の剣を受けたまま、必死に耐えている。だがアマ公は駄目押しとばかりに、その剣を強引に振り下ろした。

ガキリッと音がし、ゴムラスの剣が真ん中からへし折れる。

アマ公の勝ちだ。剣が折れた以上、もうどうにもならねぇ。

「やれやれ、折られてしまったか。もう剣の腕ではお前のほうが上だな」

「負けを認めて大人しく捕縛されろ。命まではとらないでやる」

「まったく、仕方ない」

ゴムラスは、折れた剣を流れるような動作でスッと投げた。アマ公の顔に向けてだ。

だが、そんなもんがアマ公に通じるわけがない。アマ公は邪魔そうに折れた剣を弾き飛ばした。あれじゃぁ、一瞬注意を逸《そ》らした程度だろう。

……その一瞬が問題だった。

膝《ひざ》をついていたゴムラスは瞬時に思いきり踏み出し、アマ公の懐《ふところ》に入る。そして右拳を、アマ公の胸へと叩きつけた。

爆発したのかと錯覚《さっかく》するほどの音。そして後ろに吹き飛ばされるアマ公。

慌ててアマ公を見ると、剣を支えにしてなんとか立ってはいるが、胸を押さえて苦悶《くもん》の表情を浮かべていた。

「剣では上でも、まだ総合的には私には及ばなかったようだな、アマリス！」

まずい！　ゴムラスはそのまま、アマ公へと真っ直ぐ向かっている。止《とど》めを刺そうとしてやがるんだ！

俺は急いで地面を蹴って飛び出した。

くそっ！　遠すぎて間に合わねぇ！

精一杯手を伸ばすも、その手は宙を掴《つか》んだだけだった。

だが、ゴムラスの追撃がアマ公の顔面へと入ろうとしたとき、横から割って入る影があった。

「ぐはっ！」

ゴムラスの攻撃を受け、後ろにいたアマ公と一緒に吹っ飛ぶ。アマ公を庇《かば》って吹っ飛ばされたのは、坊ちゃんだった。

俺たちの誰もが届かなかったその場所に、あいつだけはすぐさま動いて間に合ったんだ。

「ほう、まさかお前がそんなことをするとはな」

「じょ、女性の顔を殴ろうとは、男の風上《かざかみ》にも置けない奴ですね」

ははっ、かっけぇじゃねぇか坊ちゃん。地面に大の字にぶっ倒れているのに、いい顔しやがって。

ゴムラスはそんな二人に興味を失ったのか、俺たち三人の方を見た。

「さて、これで二人は戦闘不能。残りは三人。どうだい？　今からでも降伏しないか？　もう勝ち目はないだろう？」

「面白い冗談ですね。こっちはまだ三人もいるんですよ」

「グレイス様の言う通りだね。僕たちをなんとかしたいなら、力ずくでくればいい」

はったりだ。明らかに二人は震えている。魔法でここまでやってきたこいつらに、殴り合いができるわけがねぇ。

いや、リルリはできるかもしれねぇか？　メイドって謎の存在だって分かったからな。……まぁどっちにしろ、騎士団長に勝てるような腕はねぇだろう。

グス公とリルリは相手に向かって構えた。こんなところで引くわけにはいかねぇ、それが分かっているからだ。肝《きも》の据《す》わった女共じゃねぇか。

俺は二人の肩を強く掴《つか》んだ。……まったくよぉ、やる気が出てきちまうよなぁ！

「てめぇらは下がってろ」

「駄目ですよ零さん。ここは三人で協力して、なんとしても倒さないといけません」

「男だ女だと格好つけている場合じゃない」

俺はぐだぐだ言っている二人を、強引に後ろへ下がらせた。

ここで格好つけないで、どこで格好つけるってんだ？

へへっ、アマ公と坊ちゃんだけにいい思いをさせられるかよ！

「アマ公たちがあそこまで格好つけたんだぞ？　最後くらい、俺に格好つけさせろや」

俺の言葉に、グス公とリルリは渋々といった感じではあったが、納得してくれた。

いいな、こういうのはよぉ。絡《から》まれてるんでもなく、腹が立ったからでもない。

大事なもんのために、喧嘩をするっていうのか。すげぇ昂揚《こうよう》してきやがる。

俺は鉄パイプを右手に、そして腰の鉈《なた》を左手で抜いて構える。

「はっはっは、格好いいなぁ。素人が武器を両手に構えて、満足に扱えると思っているのか？」

「へぇ、武器を持って卑怯《ひきょう》だとかは言わねぇんだな」

「この状況でそんなことは言わないさ。常に備えておくのは当然のことだ。それに、武器を持ったところで結果は一緒じゃないかい？」

なーにこのクソゴリラは変に格好つけてんだ。……まぁいい、常に備えるって考えには賛成だ。いつ喧嘩を売られるか分からねぇからな。

俺はギラギラとした目でクソゴリラを睨みながら、両手に持った鉄パイプと鉈《なた》を投げ捨てた。

「なっ」

「零さん⁉」

「おいボケナス何やっているんだ！」

三者三様の反応ありがとうございますって感じだ。

それにしても、したり顔で笑っていたゴムラスの野郎。唖然《あぜん》とした面白い表情をしてるじゃねぇか。

「やっとそのにやけた顔が変わったな、クソゴリラ」

「……正気かい？　武器もなしに私とやるのかい？」

「調子に乗ってんじゃねぇぞ？　こちとら喧嘩無敗だ。てめぇごときに武器なんかいるか」

ついでに俺は、つけていた防具も全部外して放り投げた。

おーっし、身軽になった。腕を回すと、体が軽くなっているのが分かる。

俺はこっちの世界に来たばっかの頃と同じ格好になっていた。

「おらタイマンだ。やろうじゃねぇか」

「……はっ、ははははははっ！　いや、馬鹿だな君は！　だが面白い！　いいだろう！」

ゴムラスは俺につられたように、重苦しそうな鎧を外した。

これでお互いの状態は五分五分。タイマンってのはこうじゃねぇとな！

「零さん馬鹿なんですか⁉」

「グレイス様、あいつは間違いなく馬鹿だ」

「うるせぇ！」

ったく、こいつらはよぉ、喧嘩ってのは気合だぞ。気合で相手を上回《うわまわ》ってなんぼだ。

さっき、あいつの面《つら》が変わったのを見てただろう？　どう見ても今、俺のほうが優勢だろうが。

「ば、ばかものぉ」

「大馬鹿者ですね」

「てめぇら負け犬は大人しくそこで寝てろ！」

アマ公も坊ちゃんもうるせぇぞ！　ふざけやがって！　喧嘩は俺に任せろってんだ！

なぁ、チビ共もそう思うだろ？

俺がチビ共を見ると、にっこりと笑っていた。

……お、シャドーなんてして、やる気満々じゃねぇか。いいねいいね！　さぁ、こいつをぶっ飛ばしてやろうぜ！

「さぁって、そんじゃぁ始めるか！　俺はてめぇをボコる。倒した後、もう一回ボコる。徹底的にだ」

「勝てると思っているのかい？　じゃあ私が勝ったら、君たち全員こちらに服従してもらおう」

「上等だ！」

「何を勝手に決めているのですか⁉」

外野《ぼっちゃん》の声を無視して、俺は飛び出した。喧嘩は先手必勝だ。

ゴムラスは構えて俺のことを待ち受けてやがる。俺をアマ公みてぇに、正攻法でくる奴だと思ってんのか？

俺はゴムラスの手前で地面を蹴り上げた。

「なっ、ぐっ！」

入った！

作られて長いこと経っているはずの、この汚《きたね》ぇ祭壇の床は砂だらけだ。いい目つぶしになる。動きが止まった、いけるな！

俺はそのままゴムラスの顔面を殴る！……はずだった。

俺の右手がゴムラスに掴《つか》まれる。この野郎、目つぶしを食らったフリか。汚《きたね》ぇ野郎だ！

「いや、驚いたよ。少しだけ油断していた」

「そのわりにはしっかり防いだじゃねぇか」

「戦場では、こういうこともあるのでね」

くそが！　俺は空《あ》いていた左手で殴りかかったが、その前にゴムラスの拳が俺の胸に刺さった。

……一瞬、意識が飛んだ。それほどの一撃だった。

ゴムラスに殴られる、殴られる、殴られる。

だが俺の体は長年の経験からか、勝手に反応していた。殴られる度に、体が勝手に殴り返している。

殴られる、殴る、蹴られる、蹴る。こうなりゃ意地の張り合いだ。

目の前がチカチカしやがる。今にも意識が飛びそうだ。

その点、ゴムラスにはまだ余裕が感じられる。

だが、俺はすでに限界だった。とうとう……片膝《かたひざ》をついちまった。

それを待っていたと言わんばかりに、ゴムラスが渾身《こんしん》の力で殴りかかってくる。

「喧嘩慣れしているっていうのは本当だったようだな。だが、これで終わりだ！」

ゴムラスは勝ちを焦った。つまりモーションがでけぇ！

俺は、この瞬間を待っていた。

そのにやけ面《づら》を整形してやらぁ！

「舐《な》めてんじゃねぇぞクソゴリラが‼」

全力で体を動かす！　殴るんでもねぇ、蹴るんでもねぇ！

俺は全身をぶつけるつもりで、相手の鼻っ柱に頭をぶち込んだ。

必殺のチョーパンだ！　舐《な》めんなよクソゴリラが！

攻守交代、今度はゴムラスが膝《ひざ》をつく番だった。ここで決めるしかねぇ！

俺は思い切り拳を振りかぶった。そこで、ゴムラスと目が合う。……その顔は、ニヤリと笑っていた。

「零さん！　駄目です！」

グス公に言われなくても気づいていた。さっきの俺のときと同じで、こいつもチャンスを待っていたんだ。

ゴムラスは腰からすかさずナイフを抜く。そしてそのナイフを、がら空《あ》きになっている俺の腹へと真っ直ぐに突き出した。

第二十九話　てめぇらも元気でな！

ガギンッと、鈍《にぶ》い音がした。

「零さん！」

グス公の悲痛な叫びが聞こえる。

だが今は、そんなことを気にしているわけにはいかねぇ。

俺はすかさず腹の中に手を入れ、ナイフを受け止めて俺を守ったそれを引き抜く。そしてそのままゴムラスのナイフを持つ手へ叩きつけた。

ゴムラスは驚愕《きょうがく》と苦痛に歪《ゆが》んだ表情をしている。それが見たかったぜクソゴリラが！

その手からナイフが離れて飛んでいき、カランカランと落ちる音がした。

「き、貴様‼」

「いい顔してるじゃねぇか！　だが、素手《すで》じゃなかったのはお互い様ってな！」

俺は腹に仕込んでおいた石斧を振り上げる。パーカーはダボッとしてるからな、気づかれなかったみてぇでよかったぜ！

そして間髪《かんはつ》を容《い》れずに、歪《ゆが》んだ顔をしているゴムラスへ石斧を全力で振り下ろす。

「ぐっ！　おのれ！　卑怯者が！」

「あぁ？　聞こえねぇなぁ！」

ここまでの旅で切れ味なんてこれっぽちもなくなっている石斧は、正《まさ》に鈍器《どんき》だ。殴るのには最適ってやつだな。

それでゴムラスの奴を！　殴る！　殴る！　殴る殴る殴る……折れた。耐久性に問題ありだな。

石斧が壊れて舌打ちする俺の足を、チビ共が引っ張ってあれを指差している。なるほどな、あれならそう簡単には折れねぇな。

俺はゴムラスに背を向けてそれを拾いに行く。そして拾って振り返ると、ゴムラスは立ち上がっていた。

全身傷だらけで満身創痍《まんしんそうい》、立っているのもやっとって感じだ。にもかかわらず、鬼みてぇな形相で俺を見ている。

「ただではおかないぞクソガキが！　地獄を見せて……待て、なんだその手に持っているものは」

「鉄パイプ」

「待て、待て待て！　なぜ振り上げている！　おい！　待て！」

待てと言われて待つ奴はいねぇんだよ！　さぁさっきの続きだ、おらぁ！

俺は鉄パイプで殴る！　殴る！　殴る！

……ある程度殴った後、俺は手を止めた。

すでにゴムラスは地面に突っ伏して、痙攣《けいれん》している。経験上、これだけやっておけば、まず立ち上がることはねぇ。調子に乗るからだ、クソゴリラが！

「リルリ、縄」

「お前、最低だな……」

あぁ？　なんで俺が最低なんだ？　俺はゴムラスを縛り上げながら、怪訝《けげん》に思って顔を歪《ゆが》めた。

だが、リルリは若干蔑《さげす》んだような目で俺を見ている。

そこに、アマ公と坊ちゃんも近づいてきた。

「お前に人の誇りとか、そういうものはないのか……」

「零さんは外道ですね」

いや、てめぇはなんでアマ公に肩借りてんだよ。どう見てもアマ公のほうが重症だっただろうが。しかもそんな状態で喧嘩売ってんのか、こいつらは！

そんな中、グス公だけがキラキラした目で俺を見ていた。

「零さん！　やりましたね！　流石《さすが》は零さんです！」

「おぉ？　だろ！　そうだよな！　やっぱりグス公は分かってるじゃねぇか！　色々と大事なもんが懸かってるときに、わざわざ素手でやるわけねぇってのにな」

「はい！　ナイフを隠し持っている汚い奴への対策もばっちり！　汚さで零さんに勝てる人はいません！」

「お、おう？」

「流石《さすが》は零さん！　汚い！」

「うるせぇ！」

くそがっ！　なんでこんな言われようなんだ？　それもこれも全部こいつのせいだろ！

俺は両手両足を縛り上げて動けなくなったクソゴリラを、腹いせとばかりに祭壇の間の外へ蹴りだした。変な面白《おもしれ》ぇ声を出しながら転がっていったが、知ったこっちゃねぇ。

……さて、やっとここまで来たな。

俺たちは顔を見合わせ、祭壇へと向かった。

そこにあったのは一つの台座。まぁ、どうするかなんて分かり切っている。

大精霊の力がこもったこれを、祭壇に……捧げる。

くそっ、殴られすぎたのか、全身が痛くて頭が回らねぇな……。

捧げる？　捧げるってどういうことだ？　置けばいいのか？　あぁ、面倒くせぇな！

「うらぁぁ‼」

俺は鉄パイプで、祭壇を思い切りぶっ叩いた。

「零さああああん⁉」

「お前は何をやっているんだあああああああ⁉」

「ボケナスウウウウウウウウ⁉」

「叩いたら駄目でしょおおおおおお⁉」

なんか、すげぇ四人に非難された。え、いや、だってなぁ？　なんか、面倒だから殴っちまえばいいかって……まずいのか？

「普通は叩かないがな！」

「……やれやれ」

「捧げろと言ったじゃろう！」

「まぁまぁ零らしいではないか」

ん？　聞き覚えのある声だな。

振り向くと、そこには土・火・風・水の四人の大精霊がいた。っつーか、こいつらまで俺をじとっとした目で見てやがる。捧げるも殴るも、大した違いはねぇだろうが……。

舌打ちしつつ大精霊たちを見ると、四人は俺へなんとも言えない表情をした後、温かい笑顔を見せた。

「ついにここまで来たがな。まさか殴るとは思っていなかったが、零を信じていたがな」

「いや、さっきまですげぇ目で俺を見てたよな？」

土の大精霊は、さっと目を逸《そ》らした。本当に信じてるんだよな？　本当だよな？

そう思っていると、火の大精霊が俺に声をかけた。

「世界の命運は、お前たち二人にかかっている」

「あ、僕のことを忘れていなかったのですね」

坊ちゃんは少しだけほっとした顔をして、火の大精霊を見ていた。まぁなんか、悪《わり》ぃな坊ちゃん。俺だけ四人の大精霊に会っちまって……。

風の大精霊は、俺を睨みながら怒っていた。

「祭壇を叩くでない！　神に通じる祭壇じゃぞ！」

「ちょっと間違えただけだろうが」

「間違えても殴らんわ！　馬鹿者が！　……はぁ。だがまぁ、頼んだぞ」

「おう」

風の大精霊のババアは怒りながらも、最後には優しげに微笑んだ。最初からそっちだけでいいだろ。そうしたら、俺だっていい気分だったのによぉ。

ぶつぶつ言いたい気持ちを抑えていると、水の大精霊が俺の腕へ手を回して自分の方に引き寄せた。おいやめろ！　顔が近《ち》け《け》ぇ！

次の瞬間、グス公とリルリが水の大精霊の肩を掴《つか》んで、やべぇ目つきをしていた。

「離れてください」

「ふっ、妾《わらわ》のほうが綺麗だと雫は言っていたぞ？」

「言ってないだろ？　さっさと要件だけ済ませて消えろ」

「まな板娘共が」

うがー！　とグス公たちが怒りだす。こいつら、本当に相性《あいしょう》が悪いな。

俺は仕方なく三人を引き離した。

改めて水の大精霊を見ると、にこにこ笑っているだけで、何も言わねぇ。なんか一言くらいあるだろうと、俺のほうから話しかけてやった。

「……で、てめぇからはなんかあるのか？」

「妾《わらわ》からは特にない。好きにするがいい。……二人とも、よく考えていることは分かっている」

「はっ、まぁなるようにしかならねぇよな」

俺がそう言って笑うと、大精霊たちも笑った。そして四人は俺らを囲むように移動する。

大精霊たちから、茶、赤、緑、青の光が立ち上る。そして俺たち五人を包み込むように、四色に光る魔法陣が浮かび上がった。

俺たちが戸惑いながら見ていると、魔法陣の光に呼応して、鉄パイプが同じ四色の光を放つ。その光はどんどん大きくなり、俺たちだけでなく室内全体を包み込んだ。

抵抗することなく、俺たちは光の中で目を閉じた。


光が収まり、ゆっくりと目を開いた。

まず確認したのは、俺以外の四人が無事だったかだ。問題ねぇ。全員驚いているようだが、ちゃんといる。

そして、周囲を見回す。今いるのは、埃《ほこり》臭くて大量の本が転がっているところ。パッと見は図書館みてぇな場所だ。俺はここをよく知っていた。

「こ、ここどこですか⁉　え？　図書館ですか？」

「……違《ちげ》ぇよ。こっちだ、てめぇらついて来い」

「え？　ちょっと零さん！」

グス公はあわあわしてやがるが、ひとまず無視だ。

俺につられるように四人がついてくる。

少し歩いて、俺は足を止めた。

崩れている本、その隙間から少しだけ見える足。これだな。

崩れた本を拾い上げ、机の上に積んでいく。

そこから出てきたのは、よく知っているが久々に見る顔。モヤシみてぇな体に眼鏡。間違いねぇ。ついこの間なのに、すげぇ久しぶりに感じる。

「おう、起きろメガネ」

「え？　い、いやいや！　なんですかさっきの衝撃！　本が崩れてきましたよ⁉」

「祭壇ぶっ叩いた」

「捧げろって大精霊に言われましたよね⁉」

ったく、こいつもぎゃーぎゃーうるせぇなぁ。ちょっと間違えただけだろ？

そう思って後ろの四人を見ると、気の毒そうな表情でメガネを見ていた。

「ま、まぁ細けぇこたぁいいだろう。てめぇも変わらねぇな。少しは本を片付けるとか、そういう考えはねぇのか」

「細かくはないですが……片付け？　いやぁ面目《めんぼく》ない」

全然変わってねぇ。いや、そりゃ変わるほど時間も経ってねぇけどな。

そのとき、俺の背が突《つっ》かれる。一瞬チビ共かと思ったが、突《つっ》いたのはグス公だった。俺の後ろで、坊ちゃん以外の三人はわけが分からないという顔をしている。まぁ、そりゃそうか。

「あの、零さん？　この人は誰ですか？」

「あぁ、こいつはメガネ。通称、神だ」

「逆です逆！　神で、零さんが僕を呼ぶ通称がメガネですから！」

どっちでもいいじゃねぇか……。

だがグス公たちは……なんだ？　真顔で固まってやがる。坊ちゃんだけはニヤニヤしてんな。

そして動き出したかと思ったら、すっとその場に跪《ひざまず》いた。こいつら何してんだ？

「し、失礼をいたしました！　まさか神と呼ばれる方に会うとは思っておらず、失礼な振る舞いを……。おい零！　お前も……言うだけ無駄か」

あぁ？　アマ公が珍しく謙《へりくだ》ってるな。確かに、神とか言われたらそうなるか。

だがまぁなんだ？　こいつは話も聞かずに、俺のことを穴に落とすような奴だしなぁ。

大したもんだが、そんなに大したもんじゃねぇっていうか……。

「でも、旅は悪くなかったんじゃないですか？」

「あぁ、まぁな。楽しかっ……っておい。俺今、口に出して言ってねぇよな？」

「神ですから！」

すげぇけど面倒くせぇメガネだな。

まぁいい、本題はそこじゃねぇからな。

俺は舌打ちしつつも、勘弁してやることにした。いや、舌打ちしたからってビクッとしてんじゃねぇよ。お前神だろうが！

「ご、ごほんっ。そうですね、本題に入りましょう。まぁ端的に言ってしまいますが、ここで与えられる力の使用は一度のみ。力の内容は、世界の改変です」

「世界の改変？　どういうことだ？」

「言葉のままです。例えばこの世界の支配者になりたい！　と願って改変すればそうなります。精霊を全部逃がしたい！　となれば、精霊の世界を作れます。人間はいらない、と考えれば全ての人間が消えます」

は？　なんだそりゃ。つまりなんでもありってことか？

だが、なんでもありって……どうすっかな。それに、一番大事な問題がある。

俺は坊ちゃんを見る。あいつも同じだったようで、俺を見ていた。

「で、どうするよ？」

「ははっ、今さら争って決める気はありませんよ？　でも譲る気もありません。自分が間違っているとは、今でも思っていないからです」

「あぁ、分かってる。とりあえず俺の意見を言ってもいいか？」

坊ちゃんはそれで黙った。俺の意見を聞く気になったんだろう。

俺は深呼吸をし、天井を見上げて今までのことを思い出した。

……ここまで色々あった。チビ共と仲良くなって、グス公と出会って、アマ公と、リルリと、坊ちゃんとも一緒に大陸を回った。

グス公を城の奴らに認めさせて、チビ共を助けると決めて、大精霊と会うために旅をして……そういや、お尋ね者にもなったな。

結局ここまで、俺は自分がどうしたいかを決められずに来ちまった。

でも今なら答えが出せる。ここまでの道のりがあったからこそ、この答えが浮かんだんだ。

俺は視線を戻し、四人に向き直る。そして一つ深く息をつき、口を開いた。

「精霊の森をこの世界から隔離《かくり》する。他の誰も入れないように、だ」

「……この世界の精霊全てを隔離するつもりですか」

俺は首を振った。まぁ、俺は坊ちゃんの意見に噛《か》みついてたんだから、こいつにそう思われても仕方ねぇ。だが、俺の考えは違った。

坊ちゃんの考えの全てが間違っているとは思っていなかったこともある。何よりも、この世界をなるべく変えたくなかった。だからこそ、俺はこの答えを導き出せた。

「この世界の精霊が眠りについたら、黒い石になる。黒い石は、自動で隔離した精霊の森に移動するようなシステムを作る。もちろん透明な石も砕かれた石も、装飾品にされた石も集めてもらう」

「そんな都合のいいことが……」

「あ、できますよ」

神のお墨付《すみつ》きだ。坊ちゃんも何も言えねぇ。

さて、俺のやりたいことはそれだけじゃねぇ。まだまだ、ここに至るまでに考えていたことがある。

「で、永い眠りからいつか精霊は目覚めるんだろ？　そうなった精霊は、隔離した精霊の森からこっちの世界に戻る。そうすれば、精霊が減ることはなくなるはずだ」

「確かに筋は通っているが……。隔離した場所から、出ることはできるのか？」

「あ、それもできますよ」

神ってのは頷いてればそれでいいのか？　楽な仕事だな、おい。でもまぁ、思ったことができそうで何よりだ。お蔭《かげ》で、坊ちゃんも俺の意見に反対する気はもうねぇみたいだし。

これで解決だな……と思ってたら、メガネがすかさず付け足した。

「ですが、そのためには誰かが管理者としてですね、隔離した精霊の森に残らないといけません。ちなみに大精霊じゃないと駄目ですね。大精霊がいないと、黒い石から目覚めることができませんから」

まぁ、そんなになんでも都合よくはいかねぇってことか。……じゃぁ、答えは一つだよな。

俺は四人を見た。

目が合うと、咄嗟《とっさ》に女三人が坊ちゃんを見た。

「頑張ってくださいね、坊ちゃん！」

「お前ならこの大役務められる」

「僕も信じているよ」

「なんで決定した雰囲気なのですか⁉」

お前ら……。

だが俺はそんな四人を制した。坊ちゃんにはやってもらいてぇことがあるからな。こいつに精霊の森にいてもらうわけにはいかねぇんだ。

「それは駄目だ、坊ちゃんにはこっちの世界の精霊を守ってもらう。こいつみたいな奴がいねぇと、また良からぬことを考える輩《やから》が出てくるだろ。まぁ予防策ってやつだな」

「それじゃぁ、まさか……」

「あぁ、俺がやる。それで何も問題ねぇ」

「駄目です！」

ちょっとビビッた。グス公が、俺の右腕を痛いほどに掴《つか》んで涙目で俺を見ている。

ちなみに左腕はリルリが掴《つか》んでいる。こっちも痛《いて》ぇ。

「そんな、隔離されたら他に誰もいないんですよ⁉　ずっと一人になっちゃうんですよ⁉　零さんだって、人と付き合っていけるようにって、せっかく今まで頑張ってきたんじゃないですか！　それなのに！」

「グレイス様の言う通りだ！　お前はこっちの世界に来たばっかりだろ！　まだこれからじゃないか！　僕たちだって、なんだかんだお前に世話になって、これでやっと落ち着いて……なのに！」

お前ら、坊ちゃんならいいのかよ。……と言ってやりたかったが、ぐっと耐えた。肯定されたら坊ちゃんが立ち直れねぇしな。

……いや、まぁそれは冗談としても、だ。二人の気持ちはありがてぇ。

でもそうじゃねぇんだ。

「俺はな、最初にチビ共に出会って、チビ共に救われて、そのお蔭《かげ》でお前らと出会えたんだ。だから、借りを返してぇ……いや、違《ちげ》えな。今度は俺があいつらのために、何かをしてぇんだ」

俺は二人の手を優しく外し、頭を撫《な》でた。悪《わり》ぃな、ありがとう。

そして、坊ちゃんを見る。短い付き合いだったが、その顔は少しだけ悲しそうだった。

「おいコウヤ、てめぇのことはいけすかねぇと最初会ったときに思った。今でもあんまり変わってねぇ」

「それ今言う必要あったのですか⁉」

「でもな、信じてる。だから、守るっていうと固い感じがしちまうけどよ。チビ共のこと頼むわ」

「……僕が、精霊の森に行けばいいのじゃないですか」

「ははは、はっ。頭がいいくせに馬鹿なこと言ってんじゃねぇよ。確かに、てめぇならこっちもできるだろうな。でも俺には、悪《わり》ぃ奴らの取り締まりとか小難しいことはできねぇんだよ。だから、任せた」

「……はい」

次はアマ公だ。こいつにも色々と世話になったよな。そしてそれ以上に迷惑をかけられた。……だが、感謝してる。

「コウヤに力を貸してやってくれ。こいつ頭はいいし悪い奴じゃねぇけどな。誤解されやすい。それに腕っぷしも弱《よえ》ぇ。お前が協力してくれるなら、助かる」

「……私が、なぜあの二人のようにお前を止めなかったか分かるか？」

「そりゃな、てめぇはなんだかんだでしっかりした騎士だった。適材適所ってやつが分かってんだろ。頼んだぜ」

「……あぁ、任せておけ」

そしてリルリを見る。半泣きで俯《うつむ》いている。こんな思いをさせたかったわけじゃねぇが、仕方ねぇんだ。

それにしても、こいつが取り乱しているところは珍しいな。それだけ、俺のことを気に入ってくれてたのかもしれねぇ。ありがとな。

「お前は一番色んなとこが見えてるからな、みんなのことを頼むわ。正直、お前がいてよかった。お前がいなかったら、不安ばっかり残っちまうからな」

「そん……な、僕は器用じゃ……」

「んな顔してんじゃねぇよ、豆粒。お前のこと信用してんだからな。しっかり頼んだぞ、リルリ」

「……頑張る」

で、問題はこいつだ。もう見る前から分かってる、ガン泣きで絶対認めないって顔だ。このぐずぐずグス公は、こう見えて頑固《がんこ》な奴だからな。

でもこいつがいたから俺は、チビ共との生活だけじゃなく、また人と向き合うことができた。

「グス公、お前がいたからここまで来られた。こんな風に変われた。本当にありがとな」

「なら行かないでください」

「悪《わり》ぃな、俺がやりてぇんだ。だから勘弁してくれ」

「嫌です！　行かないでください！」

「……お前が、そういう風に本音を言えるようになってよかった。俺みたいのでも力になれるってことが分かったからだ。ありがとうな」

「……ふっ、うぅっ」

チビ共もみんな泣いていた。全員の頭を撫《な》でてやることはできねぇ。そんなことをしていたら、未練が残る。

けれど、せめて俺の気持ちだけでも伝えようと言葉をかける。

「今まで俺に力を貸してくれて、俺と一緒にいてくれてありがとな。これからはこいつらに、世界の色んな奴らに力を貸してやってくれ。後、嫌なことはやらなくていい。そういうのは、全部こいつらがなんとかしてくれる。最後まで頼っちまって悪《わり》ぃな」

チビ共は、取れて飛んでいきそうな勢いで首を振っていた。悪《わり》ぃ、そしてありがとな。

本当にお前らと出会えてよかった……。

「じゃぁ、やるか」

「もういいのですか？」

「あぁ。こうしてる間にも、魔石を砕いている奴がいるかもしれねぇ。俺はそれを早くなんとかしてぇ」

「分かりました。……君を選んでよかった。心からそう思います」

「次からは、先にちゃんと説明とかをしてやれよ」

メガネは俺を見て頷いた。なんだかんだで、こいつのお蔭《かげ》で俺は、無念のまま死ぬだけで終わらずに済んだ。

正直、感謝してる。恥ずかしくて、口に出しては言えないけどな。

「それじゃあ、穴に落ちます」

「は？」

このパターンは知っている。俺の話は聞かずに、また足元に大きな穴が開く。

説明しろって言っただろうが！

……いや、穴に落ちるって言っただけマシなのか？

そういうことじゃねぇだろ！　くそ！

俺は落ちながらも、穴を覗《のぞ》いている四人とチビにできるだけ大声で最後の言葉をかける。

「グレイス！　アマリス！　リルリ！　コウヤ！　チビ共！　お前らのお蔭《かげ》で俺は救われた！　ありがとな！　そっちは頼んだ！　てめぇらも元気でな！」

四人が何かを言っている。どんどん落ちていく俺には、もう聞こえない。

だが、なんとなく分かった。

ありがとな、てめぇらと会えて本当に良かった！

そして、俺は目を覚ました。

見れば分かる、目の前にあるのは洞窟。周囲には森。俺はここに戻ってきたんだ。

立ち上がり、とりあえず野営の準備でもするかなっと思ったところで気づいた。

洞窟の中にある黒や透明な石に。

はっ、これでこいつらがもう壊されることもねぇ。後はじっくりとやっていくかね！

空は晴天、雲一つない青空に太陽。

きっと世界はここから良くなっていくだろう。

……俺は今日も、第二の生を元気に生きている！

第三十話　そして……

『拝啓《はいけい》　零さん元気ですか？

あれから一年の月日が経ちました。

色々とありましたが、世界はどんどん良い方向に進んでいます。人と精霊の関係はより良いものになっているから安心してください。

でも、油断せずにこれからも頑張っていかないといけませんね！

そうそう、話は変わるのですが、お姉さまと坊ちゃんが最近いい感じです。驚きですよ！

お姉さま曰《いわ》く「あいつは誤解されやすいから私みたいのが一緒にいないと駄目なんだ」

とのこと。

我が姉とは思えないくらい変わり者です。

私も最近では女としての色気《いろけ》がグッと増したのか、何人かの男性からプロポーズなんか
されちゃったりします！

……気が乗らなくて、全部断っているんですけどね。

あ、ちなみにリルリは身長が少し伸びて、凄く綺麗になりました。成長期ってやつです
かね？

でも胸は大きくなりませんでした。ざまぁみろって感じです。』

「グレイス様、そろそろお時間です」

「え？　もうそんな時間？　すぐ行きます！」

「……またお手紙ですか？」

「はい、近況を零さんに届けないといけませんからね！　残りは途中で書きあげちゃい
ます」

私はペンを置いて、身支度を整えました。

今日は精霊の森に向かう日。

毎月、時間を作ってリルリと一緒に行くことにしています。お姉さまと坊ちゃんは忙しいらしく、別の日に二人で行っているみたいです。ふふっ、怪しいですよね！

行くときは手紙を持って行く、これが私の決め事です。

……おっと、リルリを待たせているんでした。早く行かないと！


リルリと二人で連れ立って歩き、馬にまたがり出発します。二人と二頭での小旅行です。

最初は馬車で行ったりもしたけれど、やっぱりちょっと苦手意識が抜けなくて。結局、天気が良い日に馬に乗って行くようになりました。

二人で町を経由しながら精霊の森に向かいます。この小旅行にも慣れたもので、さくさくと進みました。

そういえば、城内にいるときだけ、リルリの口調が以前のように丁寧な感じに戻ってしまいました。

それが気になって……仲良しみたいで、砕けた口調も良かったんですけどね。公私《こうし》はしっかりと分けないといけないらしいです。

そして移動すること数日、久しぶりに精霊の森へ来ました。ちなみに馬は町に置いてきたので、町からここまでは歩きです。ピクニックみたいでいいですよね。

もちろん、隔離されてしまっているので、私たちは入ることができません。透明な壁みたいなのがあって、先に進めないようになっているんです。

リルリと作ったポストに、手紙を入れました。

読まれることのない、十二通目の手紙。

零さんは手紙を見られる状況じゃないってことは分かってました。ただの自己満足です。

でも、なんとなくそうしたい。零さん風に言うと、「理屈じゃねぇんだよ！」って感じですかね。

「グレイス様、昼食の用意ができたよ。僕は紅茶にするけど、どうする？」

「んー、私も同じのでいいです！」

青空の下、二人でする昼食。気分が良いなぁ。

この昼食も恒例《こうれい》行事です。手紙を入れて帰るだけじゃ味気《あじけ》ないので、必ずこうすることにしています。

そして昼食をとりながらするのは、いつも零さんの話。短い間しか一緒じゃなかったのに、話題は尽きません。本当に私たちは、あの人がすごく好きだったんだなぁと実感します。

そして少しまったりとした後、私たちは町へと戻ることにしました。

「零さん、また来ますね」

お決まりのやり取りをいつものようにして、私たちは町に続く街道を戻っていきました。

「またな、ボケナス」


けれど、その日はいつもと違っていました。

「グレイス様！　急いで！」

「分かってます！　もう！　なんでこんなところにゴブリンが大量発生してるの⁉」

私たちは今、見渡す限りのゴブリンの大群に追われています。一年前より体力がついているとはいえ、とても逃げ切れる気がしません。

魔力もほぼ尽きてしまいました。それはリルリも同じようで、魔法を使わずにただ走ることしかできません。

でもこのままじゃ追い付かれてしまう！　私は最後の魔力を振り絞ることにしました。

「リルリ！　最後の魔法で足止めをします！　その後は振り向かずに走って！」

「分かった！　僕も合わせる！　せーの！」

私たちは同時に後ろを振り向き、両手を前に突き出しました。

今はほんの一瞬でも、時間を稼ぐ必要があるのです。

けれどそのとき、私の肩にポンッと何かが触れる感じがしました。

次の瞬間、恐ろしい威力の炎と氷の魔法が放たれ、全てのゴブリンを吹き飛ばしました。

一体も残っていないどころじゃない、明らかにやりすぎな威力です。

……こんなことを可能にする人を、私たちは二人しか知りません。そして、そのうちの一人は城にいるはずです。

つまりここにいるのは……。

私とリルリは、物凄い勢いで後ろを振り向きました。

そこにいたのは、少し長めのざんばらな茶髪、ボロボロの服に黒いマント。身長もちょっとだけ伸びている気がします。なんとなく様子が変わったけれど、そのギラギラとした目を見れば誰かはすぐに分かりました。

「おう、大丈夫か？」

「零さん……？」

「な、なんでお前がここにいるんだ⁉」

「あぁ？　てめぇらこそなんでここにいるんだ？」

いやいやいやいやいや、完全にこっちの台詞《せりふ》ですよ⁉　どう考えても、こっちの台詞《せりふ》です！

私たち二人は、混乱しながら零さんの肩を掴《つか》んで全力で揺すりました。

「零さん！　本気で言っているんですか！」

「え、いや、なに怒ってんだ？　ここに来たのは見回りかなんかか？」

「違います！」

一年前と同じように、鋭《するど》い目つき。でも少しだけ前よりも優し気な顔をしながら、零さんは首を傾げていました。

懐かしくて、涙が込み上げてきます。

「零さん……」

「零……」

「おう？　どうした？」

「どうしたじゃありません！　それより、なんでここにいるんですか？　もしかして、出られるようになったんですか？」

私が聞くと零さんは、気まずそうに頬をかきました。

そして一つため息をつき、話し始めます。見た目は少し変わったけれど、彼の仕草は一年前と何も変わってません。

「いや、実はな……ちょっと色々頑張りすぎたみてぇでよ。精霊が増えすぎちまったんだ。それで世界がな？　なんつーか……乱れちまってるらしくてよ」

「ええ⁉　また世界が乱れているんですか⁉」

「僕らがあんなに頑張ってなんとかしたのに……」

「まぁ、なんだ、それでだな？　対策とかを考えるために、ちょっと色々と世界を回ろうかと思ってよ。ちょうどいいところで会えたな。行こうぜ」

世界が乱れて……。しかも精霊が増えすぎたって、どういうことですか？

って、あれ？　行こうぜ？　どこに？

零さんは、スタスタと一人で先に歩いて行ってしまっています。

「ちょっと、零さん！　え？　行くってどこへ？　私たちもですか？」

「あぁ？　他に誰がいるってんだ。……それに、約束しただろうが」

「え？　約束？」

「ちっ。……旅、すんだろ」

零さんはぶっきらぼうに、けれど少しだけ顔を赤くしながら言いました。

覚えていてくれたんだ……。私は、大精霊のところを回ったことで、約束は果たされたと思っていました。だから、ついキョトンとしてしまったのですが、この人は、ずっと覚えていてくれたんです。

私は感極《かんきわ》まって零さんに抱きつきました。

「もう零さんってば！　もう！　大好きです！」

「ちょ、グレイス様ずるい！　僕もずっと待っていたんだからな!?　大好きだってことなら負けないよ！」

「ま、待てお前ら！　くっつくな！　ガキじゃねぇんだからやめろ！　後、気安く好きとか言うんじゃねぇ！」

零さんは顔を真っ赤にして、なんか色々言ってます。

ガキじゃないって、たった一年ですよ！　そんな簡単に変わりません！

私もリルリもお構いなしに、零さんにしがみつきました。

今日はとってもいい日。さっきまでゴブリンに追いかけられていたことなんて、全部吹っ飛びました。

「あぁもうやめろって言ってんだろ！　おら行くぞ！」

「はい！　まずはどこに行きますか？」

「あぁそうだなぁ、とりあえずアマ公と坊ちゃんにも顔見せて、こっちのチビ共の様子とか聞いておくか」

「あの二人、付き合っているんだぞ。知らなかったろ？」

「まじかよ⁉　でも確かにちょっといい感じだったもんな……」

そんな話をしながら、私たちは町まで歩いて行きました。

それにしても、精霊が増えすぎたって、零さん一体何したんですかね？

せっかく零さんのお蔭《かげ》で世界が救われたと思ったのに、今度は零さんのせいで乱れてるって……。

精霊の森の管理人、クビじゃないですか？　だったら、これからは私と……なんて！

「おいグス公、お前なんかやべぇ顔してるぞ」

あ、いけないいけない。私ったら、ついうっかり。

自分の頭をコツンと叩いたら、零さんに呆《あき》れられちゃいました。はぁ、この感じ、懐かしいです！

とにかく、零さんのために私も頑張らないとですね。

まずは城へ！　旅の準備を整えて、一年前とは違う私を零さんに見てもらわなきゃ！

番外編　零の一年

さて、メガネの力で隔離された精霊の森に来たのはいいんだが……困った。正直、これからどうしたらいいのかが分からねぇ。

黒い石やら透明な石を見守っててもいいんだが、なんかしてぇ。チビ共の力になりてぇからな。……だが、どうすりゃいいんだ?

俺は洞窟へ入り、黒い石を手に取る。じっと眺めていると、チビ共が「頑張れ」と言ってくれている気がした。

へへっ、なんか力が湧いてきやがる。やる気が増したってやつだ。

そうだな、できること、できないことじゃねぇ。やりたいこと、やるべきことを考えるか。

俺がやりたいことは、チビ共を幸せにすること。つまり、早く精霊に戻してやることだ。

えーっとつまりは、だ……分からねぇ。

洞窟の中に作ってあった寝床へ、俺は体を投げ出した。まぁまだ初日だ。いきなりいいアイディアが浮かぶわけがねぇ。

こういうとき、俺はいつもチビ共に教えてもらっていた。後は一応、あの四人だ。

でも今は、俺しかいねぇ。俺が自分で考えないといけないんだ。……いいじゃねぇか、やってやるよ。

俺は決意を新たにし、その日はうんうんと考えながら寝た。


——寝ている俺の体の上を、何かが這《は》い回っていた。頬を突《つつ》いたり、腹の上に乗ったりしている。目を閉じたままでも、感触で分かった。もしかして、これは……。

がばりと体を起こすと、体の上から花の被り物をした奴が、ころころと転がって落ちた。

「チビ！」

俺は一体を摘《つま》み上げ、手の平に載せる。そこにいたのは、紛れもなく俺のよく知っているチビだった。

近くにいたのは二体。なんでここにチビがいるのか、理由は分からねぇ。

だが嬉しくてしょうがなかった俺は、二体を頭と手の平の上に載せて喜んだ。

「んだよ！　いたのかよ！　くそっ、嬉しいじゃねぇか！　言えよ！」

一人で喜んでいたのだが、チビ共は首を横へ振っている。あんだ？　なんか違《ちげ》えってのか？

よく分からなかったから、じっとチビ共を見る。チビ共は手をぱたぱたと振りながら、透明な石を指差していた。なるほど、そういうことか。

チビ共のことをよく理解している俺には、それだけで何が言いたいかが分かった。

「仲間が心配で、ついて来たんだな？」

……あれ？　また首を横へ振ってやがる。なんか、ぽんぽんと俺のことを叩いているしな。これは慰《なぐさ》められてるのか？

うーん、チビ共のことは理解してたつもりだったんだが、俺もまだまだみてぇだ。少しだけへこむが、仕方ねぇ。

俺はあぐらをかいて、チビ共の身振り手振りを観察した。さっきと同じように手を振り、透明な石を指差す。後はたまに、ぴょんと飛び上がって両手両足を広げていた。

やべぇ、分からねぇ。マジでへこんできやがる。

ため息をついたとき、チビ共は俺を必死に叩いて透明な石を指差した。見ろってことだよな？

透明な石をじっと見ていると、石が光って……割れた。

そして、ポーンッとチビが両手両足を広げて中から飛び出す。そういうことか！

「てめぇらは石から精霊に戻ったチビだったのか！」

チビ共は嬉しそうに頷いた。

確かに考えてみればそうだ。全員、同じタイミングで精霊に戻るわけがねぇもんな。

三体目のチビも一緒に、俺たちは喜んだ。幸先《さいさき》いいじゃねぇか！

……いやいや、そうじゃねぇ。喜ぶのはいいが、そうじゃねぇんだ。

俺は少しだけ冷静さを取り戻し、チビ共を膝《ひざ》の上へ載せた。

「ちょっと聞きたいことがあるんだけどよぉ」

俺が言うと、チビ共は任せろとばかりに胸を叩いた。相変わらず頼りになる奴らだ。一人じゃ途方に暮れちまうところだったが、こいつらがいるならなんとかなるかもしれねぇ。

あっちの世界に精霊を戻さないといけねぇが、少し力を借りてもいいだろう。

「俺はよぉ、お前らを早く精霊に戻してやりてぇんだ。ただ見守ってるだけじゃ、なんか違《ちげ》ぇと思ってな。方法が分かるなら教えてくれねぇか？」

チビ共は、いつも通りの笑顔のまま、取れそうな勢いで首を縦に振った。ありがとな、チビ共！


そして俺は、チビ共に指示された通り動き出した。

まずは、チビ共が出てきた石の破片《はへん》を集める。これをどうするのかは分からねぇが、こいつらのすることに疑いは一切ねぇから教えられた通りに集めた。

で、集めた石の破片を布の上に載せ、鉈《なた》の背で細かく砕く。小さな石ころくらいの大きさまで砕いたが、もっと頑張れと指示されたので、粉になるまで必死に叩いた。結構疲れるが、必要なことなら叩き続けてやらぁ。

次に、その粉を持って洞窟を出た。風が吹いたら飛んでいきそうなくらい細かくしちまったからな、慎重にゆっくりとだ。

その粉を、少しずつ木にかけたり地面に撒《ま》いたりした。どういう効果があるのかは、さっぱり分からねぇ。だがチビ共はうんうんと頷いている。だから、間違ってはねぇんだろう。

さらに木の近くの雑草を抜いて、無駄に伸びた枝を切り落とす。余分な枝だからいいってことみてぇだが、これになんの意味があるんだ？

川の中の泥を掬《すく》ったり、元気のない草木に水をやったり、よく分からないことを毎日続ける。その間にも石から戻るチビ共がいたので、何度も出てきた石を砕いて撒《ま》いた。

なんつぅか、森を綺麗にしてるだけに思えるが、きっとこれでいいんだろう。俺は疑うことなく続けた。

数日経った頃だ。俺は妙なことに気づいた。

ひーふーみー……。何度数えても、チビの数が二体ほど増えている。

こいつらが出てきたはずの割れた石を探したが、見つからない。

分からないことは聞くしかねぇ。俺は、素直にチビ共に聞くことにした。

「なぁ、お前ら増えてねぇか？」

俺がそう聞くと、嬉しそうに首を縦に振っていた。まじか、本当に増えてるのか。

理由がさっぱり分からねぇから、俺は色々と考えながらチビ共に質問を続ける。チビ共も、なんでも聞いてくれって感じだ。

「あの粉を撒《ま》いたから増えたのか？」

おう、どうやらそうらしい。だが、それだけじゃねぇようだ。チビ共は首を縦に振りながらも、何かを伝えようとしている。

後したことっていうと、木を整えたりだろ？　川を綺麗にもしたか。あぁ、岩を退けて畑も作ったな。

「もしかして、森とかを綺麗にするといいってことか？」

おぉ、チビ共が頷いてやがる。理屈は分からねぇが、森や川を綺麗にするとチビが増えるのか。……なら、やるしかねぇよなぁ！

俺は両頬をピシャリと叩いた。やるべきことがはっきりして、気合十分だ！

「よし、やるぞてめぇら！　この森全部整えてやらぁ！」

俺が右手を上げると、チビ共も嬉しそうに手を上げた。

それから俺は、森を綺麗にし続けた。俺からすると雑草にしか見えないやつでも、取っては駄目な草がある。だが、それはチビ共が教えてくれるので問題ねぇ。

他の奴から見たら、いいようにこき使われているようにしか見えないかもしれない。

だが俺は、そんなことをちっとも思わねぇ。チビ共は嬉しそうだし、恩返しができている充実感しかなかった。

そんな生活を続けていると、次々に黒い石が透明になり、その中から続々とチビ共が飛び出してきた。森からもチビ共が来る。増えて増えて止まらない。

いいじゃねぇか！　俺がやりたかったことは、こういうことだ！

チビ共で森を埋め尽くしてやるくらいのつもりで、俺はやり続けた。

もちろん、全部のチビをここに残すわけにはいかねぇ。あっちの世界に送り出すことも続ける。

俺は毎日チビを送り出して、悲しい気持ちと嬉しい気持ちを感じながら頑張った。

朝、顔を洗って朝飯を食った俺は、チビ共へ声をかけた。

「おーし、並べ」

俺がそう言うと、たくさんのチビ共が俺の前へ整列する。嬉しそうに並んでくれるから、こっちもいい気分だ。

そして鼻を一回擦り、今日の作業の確認を始めた。

「A班のチビは、透明な石の欠片《かけら》を集めろ。B班は俺が砕いた石を撒《ま》いてくれ。そっとな？　優しくだぞ？　C班は俺と一緒に雑草取りだ……よしっ、じゃあ今日もやるぞおらぁ！」

ビシッとチビ共は敬礼する。今日もやる気十分だな。

俺も力を分けてもらって、作業へ取りかかった。

昼だって休むし、疲れたときも休む。いつ休んだって、誰も文句は言わねぇ。だって、俺もこいつらも、理由なくサボったりしねぇからな。注意する必要がない。

毎日へとへとになるまで頑張った。楽しくて楽しくて、嬉しくてしょうがない。

こんな日々が続けばいい。そう思っていた。


夜になると、チビ共と星を眺めた。俺はぼんやりとしながら、色んなことを話す。

「グス公はしっかりやってんのか？　あいつ王女とか言ってるけど、変なとこで抜けてるだろ？」

チビ共は俺の言葉を聞き、嬉しそうに笑う。

だよなぁ、本当に大丈夫か心配になるよな。たまに頭が回ってるけど、急に変になったりするだろ？

「アマ公もよぉ、融通利《き》かねぇところあるだろ？　いや、妙な人気もあるみたいだけどよぉ。もうちょっと周りの奴に優しく言ってやればいいのにな」

あいつは悪い奴じゃねぇんだが、言葉が足りてねぇからな。ちゃんと伝えりゃいいのに、言わねぇんだ。

今は誤解も解けて、グス公と仲良くやってやがるのか？　……心配のしすぎだな、大丈夫だろう。

「リルリは心配ねぇな。口は悪いし豆粒だが、痒《かゆ》いとこに手が届くって感じだ。きっと上手くサポートしてくれてんだろ」

でもあいつも、わりと考えるより先に手が出るタイプだ。

いや、それは三人ともか。本当、あいつらは考えねぇからなぁ。

とりあえず突撃って考えは、今でもどうかと思っている。

「坊ちゃんはどうでもいいな」

俺がそう言うと、チビ共はちょっとだけ心配そうな顔をした。そういうのはよくないと、言われているみてぇだ。

まぁ、他に聞いている奴もいねぇからいいか。

俺はチビ共に、正直に言った。

「坊ちゃんは俺と一緒で、お前らのために頑張ってるはずだ。だから、気にしないでいい」

にやにやとチビ共は笑っている。ちっ、恥ずかしいことを言っちまった。

でも本当に心配はしてねぇ。あいつだって仲間だ。頑張ってくれてるってことに、まったく疑いはねぇよ。

思い出しながら、俺はぼんやりと星を見て呟《つぶや》いた。

「また、あいつらに会いてぇな……」

弱音を吐きたかったわけじゃない。今やっていることから逃げたいとも思わない。……でも、素直な気持ちだった。

寂しいとは思わないが、また会いたい気持ちが俺にはある。あいつらと出会って、本当に楽しかったからだ。

星を見ながら笑っていると、チビ共が俺によじ登る。そして、俺と同じポーズで星を見始めた。

俺の気持ちを、ちゃんとチビ共は分かってくれている。なぜだか、そんな気がした。


この生活を続けて、一年程が経った。

森は綺麗に整えられ、チビ共はどんどん増えている。黒い石だって、すぐにチビへ戻った。

だが油断はしねぇ。俺は日々の作業の手を緩める気はなかった。一生この作業を続けてもいいって思っていたからな。

でもその日、妙な客が俺の前へ現れた。

「零さん、久しぶりですねー」

「あぁ？　もやしメガネじゃねぇか」

「私、これでも神なんですが……」

久々にチビ以外の奴に会えたが、別に嬉しくもなんともねぇ。俺は手を止めず作業を続けた。

こいつには感謝してるが、チビ共がいるから寂しくもなかったしな。

「あの、驚いたりとかはないんですか？　久々に話し相手ができたとか、そういうのは？」

「ねぇな。チビ共がいたから、なんともねぇ。俺は忙しいんだ、用があるなら早く言えや」

メガネは驚いた顔をしていたが、すぐに笑った。よく分からないが、俺も笑い返しておく。視線を逸《そ》らされる。このやり取りも懐かしいな、おい！

ちっと俺は舌打ちをして、区切りのいいところで作業をやめる。

こいつは、なんか話があって来たんだろうからな。

「おーっし、チビ共！　休憩にすっぞ！　俺はちょっとメガネと話すからな！」

俺が言うと、チビ共は嬉しそうに作業をやめた。もちろん、まだ作業をしているチビ共もいる。区切りのいいとこまでやってから休むんだろう。真面目で大したもんだ。

見える範囲にいるチビ共の作業が終わるのを確認し、俺はチビ共とメガネを連れて洞窟に戻った。

「茶だ。座布団も使え」

「これはこれはどうも」

俺は自分用の敷物をメガネに投げ、寝床へ座った。来客用のもんなんてねぇからな。

ずずっと茶を飲む。うん、うめぇ。疲れた体に温かい茶が染み渡るってやつだ。

メガネも俺と同じように茶を飲んで、一息ついていた。

……だが全然話を始めようとせず、チビ共が出した木の実を摘《つ》まんで茶を飲んでいる。

もしかして、様子を見に来ただけなのか？

「なぁ、なんかあったのか？」

「ええ、そうなんです。実は困ったことになりまして……」

困ったことと聞き、俺はメガネに向き直った。

俺のところに来たくらいだ、かなりやべぇことなんだろう。

まさか、また精霊解放軍が動いてるのか？　それとも他の奴らが動いている？　チビ共に害を為《な》すっていうなら、ぶっ飛ばしてやらないといけねぇ。

俺は右手の拳で、左手の平をパンッと叩いた。

「よし、やってやろうじゃねぇか！　どいつをぶっ飛ばせばいいんだ！」

「どいつと言われましても……ねぇ？」

あぁ？　なんだこの妙な態度は。メガネは頬をかきながら、困った顔をしている。もしかしたら、俺が思っている以上に面倒なことになっているのかもしれねぇ。

メガネは「はぁ」っとため息をつき、俺を見た。

「零さんなんですよね……」

「おう、俺は零だ」

「いえ、そうじゃなくてですね？」

なんだこの、イライラする話し方は。さっさと用件を言えばいいのに、こいつは困った顔をしたまま言葉に詰まっていた。

だが、俺も成長している。急《せ》かすことはせず、トントンと自分の膝《ひざ》を指先で叩いて待った。

なぜかメガネは、俺を見ておどおどとしている。どうしたんだこいつは？

「あの、威嚇《いかく》しないでもらいたいのですが……」

「威嚇《いかく》？　してねぇだろ。じっくりと腰を据えて話を待ってやってるだろうが」

「いやいや、その膝《ひざ》を指先で叩くの、結構プレッシャーを感じますからね？」

そういうもんなのか。納得はできなかったが、俺は膝《ひざ》を指先で叩くのをやめた。

手持無沙汰になっちまったので、代わりに石を砕く作業を始める。鉈《なた》の背でガンガンと石を砕く。もう手馴れたもんだ。

「それもやめてもらえませんか？」

「我《わ》がままな奴だな……。分かった分かった。話すまで何もせず待てばいいんだろ。ったくよぉ」

俺は作業もやめて、メガネの話を待つことにした。なぜかメガネは、ほっとした顔をしている。なんなんだこいつは。

メガネも早く話したほうがいいと思ったのか、座布団に座り直す。そして俺のことを改めて見た。

「零さん、大変なことが起きていると言いましたよね？」

「おぉ、言ってたな」

「実は、世界がまた乱れそうになっています」

「やっぱりか……。何があった」

ちっ、嫌な予感が当たっちまったな。どうやらまた面倒事が起きているらしい。

グス公たちが頑張ってくれているはずなのに、それでもどうしようもないくらい悪い奴が出たんだろう。

俺は近くで心配そうな顔をしているチビの頭を撫《な》でた。心配するな、俺になんとかできることなら、すぐに解決してやる。

「なんと言いますか……ねぇ？」

「ねぇ、じゃ分からねぇだろうが。俺はどうしたらいい？」

「いえ、零さんは悪くないんですよ？」

本当に話が進まねぇ。さっぱり要点は掴《つか》めねぇし、どうしたらいいのかもこれじゃぁ分からない。

だが、話しづらいってことだけは分かる。ここは俺から切り出してやるべきだな。

「落ち着いて、何があったのかを言え。で、どうしたらいいのかもな」

「そうですね、分かりました。いいですか、覚悟して聞いてください」

メガネの真剣な表情に、俺は固唾《かたず》を呑んだ。

……だが、その後にメガネが言った言葉で、愕然《がくぜん》とさせられることになった。

「精霊が増えすぎているんです！　減りすぎていたのも問題ですが、増えすぎても問題です！　零さんは悪くないですが、零さんのせいです！　どうしましょうか！」

「……は？」

いや、ちょっと待ってくれ。言葉の意味が分からない。

精霊が増えすぎている？　減りすぎて困っていたのに、今度は増えすぎ？

俺はチビ共のために頑張っていたのに、それが悪いことになってるってのか⁉

「ま、まじかよ……」

「はい、零さんは精霊の森をとてつもなく整えました。特にあれですね。魔力が凝縮《ぎょうしゅく》されていた石を、粉状にして撒《ま》いたのが効果的でした。この場所は今、恐ろしく魔力に満ちています。精霊もガンガン増えますし、黒い石もすぐに元へ戻ります。過去、類を見ないくらい精霊が増えています」

「……どのくらい増えたんだ？」

メガネはどこからかファイルを出し、ぱらぱらと捲《めく》り始めた。

俺はどきどきしながら、言葉を待った。確かにチビ共は増やしたかもしれねぇが、どうってことねぇだろ？　いいとこ千体とかじゃねぇのか？

「えー、大体過去の最大数の三倍になっています。今も加速度的に増えていますね」

「待て待て。つまりチビ共は、世界に三百体くらいしかいなかったのか？」

「三百？　いえ、世界に数万体はいます」

「えーっと……？」

なんかおかしい。俺が送り出したチビ共は、多く見積もっても千体ちょっとだ。それは間違いねぇ。なのに、数万？　三倍？　いやいや、おかしすぎるだろ。

困った俺はチビ共を見た。チビ共はてへっと頭をコツンと叩くポーズをとっている。

ど、どういうことだ？　まさかと思うが……。

「お、俺が送り出したチビ共は、一部に過ぎなかったのか⁉」

こくこくと、チビ共が頷く。その態度は「ごめんね」と、あまり反省せずに謝っている感じだった。グス公みてぇだ。

つまりは、俺が知らない間にあっちの世界に行ったチビ共がいるってことだろう。確かに、俺は早く世界の乱れを正したいとかチビ共に言ってたから、俺を喜ばせようとして旅立ったのかもしれねぇ。

それにしても……増えすぎた？　チビ共を怒ることはできねぇし、増えて悪いことはねぇだろ。……いや、悪いのか。世界が乱れてるって言ってたからな。

俺は頭を抱えた。まさか良かれと思ってやったことで、こんな問題が起こるとは思っていなかったからだ。どうすりゃいいんだこれ？

メガネは躊躇《ため》いがちに、頭を抱える俺へと話しかけてきた。

「とりあえず、この場所はもう整えなくて大丈夫です。精霊も、もう増やす必要はありませんからね」

「そ、そうだな」

「ですので、零さんが精霊の森を自由に出入りできるようにします。今までは精霊が減りすぎて魔力が弱くなっていたので、大精霊がいないと精霊が石から目覚めることができませんでした。しかしもういなくても大丈夫です。ゆっくりとですが、精霊は増えていくでしょう」

「おぉ？」

自由に出入りできるようになるのは助かるが、それでどうすんだ？　俺が出たって、チビ共は増え続けるんだろ……？

メガネは困っている俺を見て、にっこりと笑った。

「すみません！　なんとかしてください！」

「はああああああああ⁉」

全部俺に押しつけやがった。

おいおい、冗談だろ？　流石《さすが》にこれは任されても困る問題だ。

だが、メガネも本当に困った顔で俺へ頭を下げ続けていた。そりゃもう、ぺこぺことだ。

「こちらでも対策を考えます！　とりあえず大陸を回って、解決策を探してください！」

「それはそっちで考えることじゃねぇのか⁉」

「すみません！　すみません！」

開いた口が塞がらないとは、このことだ。

俺はどうやらチビ共のために、世界のために、もう一働きしないといけねぇらしい。

勘弁してくれとも思ったが、メガネの横でチビ共が同じように俺へ頭を下げていた。……

くそっ、仕方ねぇ。やるしかねぇな！

俺は立ち上がり、ぐっと右拳を胸の前で握ってみせた。

「やってやろうじゃねぇか！」

「ありがとうございます！」

へっ、一度俺は世界を救ってんだぞ？　二度目もやってやろうじゃねぇか！

チビ共のためだ、逃げることはできねぇ！

話が終わり、メガネを見送った後、俺は旅支度を始めた。

「えーっと、これとこれだろ？　あぁ、チビの作ってくれた薬もいるな。それも持って行ったほうがいいのか？　分かった」

チビ共が手伝ってくれるので、準備は簡単なもんだ。必要な物をどんどん持って来てくれる。ちゃんと運べる量も考えてくれてるしな。

袋に必要な物を詰め、準備は万全だ。

旅立ちは明日。一部のチビは、俺と一緒に行くことになっている。俺は満足し、眠りについた。

次の日、洞窟から出ると、雲一つない青空が広がっていた。快晴ってやつだな。

軽鎧を体につけ、腰に鉈《なた》を差し、黒いマントを羽織る。そして荷物を背負い、鉄パイプを握って肩に載せる。……よし、行くか！

「聞けチビ共！　俺はお前らの新しい居場所を探して来る！　もしくは解決方法だ！　心配せず、お前らは作業を続けておけ！　……あ、でもこの森からあんまり出すんじゃねぇぞ？　増えすぎて、世界が乱れちまってるらしいからな」

チビ共は申し訳なさそうに、俺に頭を下げた。

そんな顔をする必要はねぇ。お前らが増えて悪い世界なんて間違ってる。すぐに俺がなんとかしてやらぁ！

「じゃあ、行ってくるぜ！」

俺は伸びた髪をかき上げ、鉄パイプを空高く掲げる。それに応えるような、声の出せないはずのチビ共の声援が、俺には確かに聞こえた。

へへっ、全身に力が漲《みなぎ》ってくるのが分かる。

俺に任せておけ！　さぁ、やってやろうじゃねぇか！　二度目の旅ってやつをな！

こうして俺は、新たな旅へと出発した。

チビ共を助けるついでに、もう一回世界を救ってやらぁ！

まぁ、とりあえずは、グス公たちのところにでも顔を出しておくかな。

俺は軽い足取りで、ここに残るチビ共に見送られながら、俺と連れ立つチビ共とともに精霊の森を後にした。

……まではよかったんだが、あっちの方がなんか騒がしくねぇか？

あれは……ゴブリンの大群？　誰か追われてるのか？

似たような光景を何度か見たことがあるような……面倒くせぇことになりそうだが、しょうがねぇ、助けてやっか！　行くぞチビ共！

あとがき

どうも皆様。文庫版の二巻でまたお会いできたことを心から喜んでおります。作者の黒井へいほです。では、今回も執筆時を少々振り返ってみたいと思います。

一巻のラストでは、主人公の零が一人で旅立ちました。その後の展開を当初は、零と精霊さんだけで少し旅をして、それから仲間たちと合流し直す、という構成で考えていました。

しかし、書いてみたら……すぐに合流させちゃいましたね。そもそもグレイスが、何も告げず勝手にいなくなった零のことを追いかけないはずがないな、と。

そして、それはこの二巻の内容をWebで連載しているときでした。突然、二巻の結末までのストーリーが閃《ひらめ》いたのです。ちょうど零が四大精霊と邂逅《かいこう》を果たしていくイベント辺りになります。

まさに、アイディアの神が降りて来る、というやつでしょうか。そこからの作業は早かったです。どうするかが自分の中で決まったので、後は突っ走るだけ。小説を書き始めて三か月目くらいの人間にしては、上出来じゃないかな!? と、今では自画自賛《じがじさん》しております。

……ただまぁ、原稿を書き終えた後の展開は予想外で驚きました。

二巻で完結！　やり切ったー！

と、達成感に浸《ひた》るのも束《つか》の間、「ぜひ三巻を出しましょう！」と、お声がけいただけたのは本当に嬉しかったです。

この先が続けられる。まだ彼らのことが書ける……。新たな冒険の物語を紡《つむ》ぐことができる！　想像するだけで心が躍《おど》り、ウキウキしました。

ということで、そろそろ文字数の問題がですね、はい。あと二百万字くらい書きたいものの、残念なところです。

最後に、この本に関わって下さった皆様、イラストレーターのやまかわ先生、漫画を担当していただいている佐々木あかね先生。そして読者の皆様に多大な感謝を申し上げます。

次の巻も楽しんでいただけるように頑張りますので、よろしくお願いします！

二〇一八年十月　黒井へいほ

ヤンキーは異世界で精霊に愛されます。
Hoodlums loved by the spirits.
1
喧嘩上等!!
シリーズ累計
9万部!
原作＞黒井へいほ
漫画＞佐々木あかね
精霊と一緒に
転生ヤンキー
異世界を世直し
目つきの怖さと喧嘩の強さは天下無双の不良高校生・真内零《まないぜろ》。
ある日、子供を事故から助けた代わりに命を落としてしまう。
死んだはずの零が目を覚ますと、そこは広大な図書館。
神様だという司書風のお兄ちゃんから「精霊に愛されし者」という
謎スキルを与えられた零は、はからずも異世界へと転生することに。
半ば強制的に送り込まれた森の中で、ひとりたたずむ零の前に、
可愛い小人さんたちがわらわらと現れて——。
◎B6判　◎定価：本体680円＋税　◎ISBN978-4-434-23871-0
コミックス
好評発売中!!
Webにて好評連載中!
アルファポリス 漫画
検索

ネットで話題沸騰!
アルファポリスWeb漫画
面白い漫画が毎週読める!!
アルファポリスCOMICS
ゲート GATE
自衛隊 彼の地にて、斯く戦えり
原作：柳内たくみ
Yanai Takumi
漫画：竿尾悟
Sao Satoru
原作：秋川滝美
漫画：しわすだ
居酒屋ぼったくり
原作 蛍石 漫画 彩乃浦助
じい様が行く
An Oldman in Counterworld.
原作 犬社護 漫画 桐沢十三
元構造解析研究者の異世界冒険譚
原作 小狐丸 漫画 ささかまたろう
いずれ最強の錬金術師?
人気連載陣
● THE NEW GATE
● 月が導く異世界道中
● 最強の職業は勇者でも賢者でもなく鑑定士(仮)らしいですよ?
● 異世界に飛ばされたおっさんは何処へ行く?
● 素材採取家の異世界旅行記
● 転生王子はダラけたい
● 異世界ゆるり紀行 ～子育てしながら冒険者します～
and more...
原作 椎名ほわほわ
漫画 六堂秀哉
とあるおっさんのVRMMO活動記
原作：金斬児狐
漫画：小早川ハルヨシ
Re:MONSTER リ・モンスター
選りすぐりのWeb漫画が無料で読み放題!
今すぐアクセス!
アルファポリス 漫画
検索
アルファポリスアプリ
スマホでも漫画が読める!
App Store/Google play でダウンロード!

ついに待望の新章開幕！
累計455万部突破！
ゲート SEASON1 大好評発売中！
単行本
ゲート 1.接触編 自衛隊 彼の地にて、斯く戦えり 柳内たくみ
●本編1〜5／外伝1〜4／外伝+
●各定価：本体1700円+税
文庫
GATE ゲート 自衛隊 彼の地にて、斯く戦えり 1.接触編 上 柳内たくみ
●本編1〜5〈各上・下〉／外伝1〜4〈各上・下〉／外伝+〈上・下〉
●各定価：本体600円+税
漫画
ゲート GATE 自衛隊 彼の地にて、斯く戦えり 1 柳内たくみ
●1〜13(以下、続刊)
●各定価：本体700円+税
スピンオフコミックスもチェック!!
ゲート featuring The Starry Heavens
原作：柳内たくみ
漫画：阿倍野ちゃこ
1〜2
ゲート 帝国の薔薇騎士団 ピニャ・コ・ラーダ14歳
原作：柳内たくみ
漫画：志連ユキ枝
1〜2
めい☆コン
原案：柳内たくみ
漫画：智
●各定価：本体680円+税

大ヒット 異世界×自衛隊 ファンタジー
ゲート
自衛隊 彼の海にて、斯く戦えり
GATE SEASON 2
1〜2
柳内たくみ 著
Yanai Takumi
オタク自衛官伊丹耀司二等陸尉（現一等陸尉）の活躍により、日本と異世界（特地）とを結ぶ『門（ゲート）』は無事、再開通を果たした。
国際社会における『門』独占の優位性を保持したい日本政府は、自衛隊を動員して特地住民との更なる穏当な関係性を築くべく引き続き政治や地勢の調査に注力する。
海上自衛隊の江田島五郎一等海佐、そして彼の部下であり元凄腕料理人の徳島甫二等海曹の二人も、調査任務を帯びて特地の各国を回っていた。
そんなある時、江田島と徳島に対し、特地碧海に列なる諸島で拉致された米国籍ジャーナリストの奪還に関わる特命が令された。
さっそく二人はおやしお型潜水艦『きたしお』に乗り込み、異世界の海に船出する。だが、碧海周辺は列島諸国と海賊とが群雄割拠する混乱の渦中にあった――
ゲート SEASON 2 1.抜錨編
GATE
自衛隊 彼の海にて、斯く戦えり
柳内たくみ
舞台は異世界の海！
累計420万部！
ゲート SEASON 2 2.謀濤編
GATE
自衛隊 彼の海にて、斯く戦えり
柳内たくみ
日本を訪れた異世界の姫君のもとに謎の工作員の影が……
不審船、襲来！
海上自衛隊「護衛艦さみだれ」&海上保安庁巡視船、容赦せず…！
累計445万部！ 超スケールの自衛隊×異世界ファンタジー！
●各定価：本体1700円+税 ●Illustration：Daisuke Izuka

ネットで人気爆発作品が続々文庫化！

アルファライト文庫 大好評発売中!!

平凡高校生の俺が
貴族に転生しちゃったよ、ベタでごめん！
0歳からのチート生活、開幕！

1〜4巻 好評発売中！

転生しちゃったよ（いや、ごめん） 1〜4

ヘッドホン侍 *Headphone samurai*　illustration hyp

元日本人の平凡高校生が未知の魔法を使いまくり!

平凡な高校生の翔は、名門貴族の長男ウィリアムス＝ベリルに転生する。書庫の中で、この世界に魔法があることを知ったウィリアムス。早速魔法を使ってみると、彼は魔力膨大・全属性使用可能のチートだった！　そんなある日、怪しい影が屋敷に侵入してきた。ウィリアムスはこのピンチをどう切り抜けるのか!?　ネットで大人気！　天才少年の魔法無双ファンタジー、待望の文庫化！

文庫判　各定価：本体610円+税

ネットで人気爆発作品が続々文庫化！

アルファライト文庫 大好評発売中!!

邪竜転生 1

ダメリーマンが転生したのは、勇者も魔王も瞬殺する最強邪竜！

瀬戸メグル *Meguru Seto* illustration jonsun

弱きに優しく涙もろい!?
最強邪竜の異世界大冒険、開幕!

元ダメリーマンが転生したのは、異世界最強の邪竜。とはいえ彼は、慕ってくれるスライムたちとの平和な暮らしに満足していた。そんなある日、突如として魔王の配下が襲来。その場にいたスライムたちを惨殺してしまう。激怒した彼はすぐさま復讐を果たすが、これ以上の犠牲を避けるため、森を発つことを決意する。元ダメリーマン邪竜の冒険ファンタジー、待望の文庫化！

文庫判　定価：本体610円+税　ISBN：978-4-434-25108-5

アルファライト文庫

この作品に対する皆様のご意見・ご感想をお待ちしております。

おハガキ・お手紙は以下の宛先にお送りください。

【宛先】

〒150-6005 東京都渋谷区恵比寿 4-20-3 恵比寿ｶﾞｰﾃﾞﾝﾌﾟﾚｲｽﾀﾜｰ 5F
（株）アルファポリス　書籍感想係

メールフォームでのご意見・ご感想は右のＱＲコードから、
あるいは以下のワードで検索をかけてください。

アルファポリス　書籍の感想　検索

ご感想はこちらから

本書は、2016年6月当社より単行本として
刊行されたものを文庫化したものです。

ヤンキーは異《い》世《せ》界《かい》で精霊《せいれい》に愛《あい》されます。2

黒井へいほ（くろい へいほ）

2018年 11月 22日初版発行

文庫編集－中野大樹／篠木歩／太田鉄平
編集長－塙綾子
発行者－梶本雄介
発行所－株式会社アルファポリス
〒150-6005東京都渋谷区恵比寿4-20-3恵比寿ガーデンプレイスタワー5F
TEL 03-6277-1601（営業）03-6277-1602（編集）
URL http://www.alphapolis.co.jp/
発売元－株式会社星雲社
〒112-0005東京都文京区水道1-3-30
TEL 03-3868-3275
装丁・本文イラスト－やまかわ
文庫デザイン―AFTERGLOW
（レーベルフォーマットデザイン－ansyyqdesign）
印刷－株式会社暁印刷

価格はカバーに表示されてあります。

落丁乱丁の場合はアルファポリスまでご連絡ください。

送料は小社負担でお取り替えします。


ISBN978-4-434-25241-9 C0193